Illustration : BURIKI

ツンプリ
愛してお姫様
小説 神崎美宙
挿絵 ブリキ

登場人物紹介

Characters

レアイナ＝ルイーゼ＝ヴィルヘミアーナ

ロウが護衛を務めることになった第三王女。高飛車で我がままだが、寂しがりやの一面もある。

ミリアンヌ＝ヘンリエッテ＝ヴィルヘルミアーナ

レアイナの母違いの妹。愛称はアン。愛らしく人懐っこい性格で、ロウに憧れている。

ディアナ

レアイナの身の回りの世話をしているメイド長。包容力あふれる大人の女性。

カレン

ミリアンヌお付きの平メイドで快活な少女。実はロウの幼馴染み。

ロウ＝コーラル

国王を暗殺者から守る手柄をたてた少年騎士。その働きからレアイナの護衛を命じられる。

序章

一瞬にして目と心を奪われていた。

（き、来たっ……レアイナ様だっ……）

少年は目の前を通り過ぎていく豪華に装飾された馬車に乗る一人の少女に思わず見とれていた。任務も忘れ、待ち焦がれた人物の登場に心が躍る。

今はアガルタニア王国の建国五十周年を祝う祭典が執り行われ、メインイベントである王家のパレードが始まった。等間隔に数千もの騎士を並べた沿道を、国王や王妃を始め王子や王女が行進曲を奏でる音楽隊や足並みを揃え行軍する騎士団を引き連れ、観衆の興奮は最高潮に達している。

（本物のレアイナ様だ……）

コースの警備をしている騎士の一人。ロウ・コーラルは密かに胸を高鳴らせていた。

幼くして両親を失い、身寄りもいなかった彼は王国騎士団の門を叩いた。それから数年間ずっと剣と精神を磨き続け、やっと先日に晴れて見習い騎士から正式な騎士となったのである。このパレードの警備が騎士として初めての任務だった。

緊張した面持ちの少年は少々小柄ながら真面目そうな雰囲気を持ち、鎧兜姿もとても初々しかった。

立派に務めなければと姿勢を正して数時間も立ち続けていたが、つい視線を動かして目の前を通過していく少女の顔を目で追ってしまう。彼が一心不乱に視線を向ける相手は、アガルタニア王国第三王女レアイナ・ルイーゼ・ヴィルヘルミアーナである。

太陽の光を浴びふんわりと巻かれた金色の長髪は風に流され、頭にのせた銀のティアラよりも上品で優雅に輝いていた。

細長の眉にぱっちりとした二重まぶたと長いまつげに彩られた大きな瞳。高い鼻筋や整った顔立ちはあまりに完璧すぎてどこか浮世離れしていて、地上に舞い降りた妖精のように可憐で上品だった。

そしてさらに観衆の、特に男性の目を惹くのは彼女のたわわに育った胸元だろう。肩を晒した真珠色のドレス姿から分かるが手足は細く長く、身長も高いのでスレンダーな身体つきだった。細身にしては若干アンバランスなほどの巨乳だが、それはそれで妖しい魅力となり彼女の色香を強くする。

「レアイナ様～」

「素敵～、こっち向いてくださいー」

歓声にも軽く手を上げて微笑む姿は、簡単に声をかけたり触れたりできないような高貴なイメージが強い。美しい顔立ちだが、ツリ上がった目尻やすましした表情が超然とした雰囲気を感じさせる。

（はぁぁ……行ってしまわれた……）

ロウもこの美しい姫君に心を奪われている青少年の一人だった。

やがて王女は目の前を通り過ぎ、後から続く騎士団が颯爽と通過する。そのレアイナの後ろ姿を追いながらも、いつかは騎士としても直接王家を守護できるような立場になりたいと思った。

「レアイナ様って綺麗だよな～」

「噂じゃ隣のサーハイランドの王子様と結婚するらしいぞ」

「政略結婚なんだろうけど、あんな人をお嫁さんにもらったら嬉しいだろうな」

観衆の雑談が耳に入った。

レアイナが結婚すると聞いて残念だったが、そもそも孤児の騎士と一国の王女では立場が違いすぎる。身分を超えたラブロマンスを想像したりもしなくはないが、所詮は夢物語。

少年が溜め息をついた時だった。

「うおおおお！　アン様ーッ!!」

「こっち向いてください、ミリアンヌ様～！」

「きゃー、可愛いッ!!」

レアイナがやってきた時より一段と大きな歓声が起こる。慌てて顔を上げると再び豪華に装飾された馬車がやってきた。そして今度現れた王女は観衆の声援に大きく手を振り、まさに元気いっぱいといった笑顔で応えている。

（あれは……）

ミリアンヌ・ヘンリエッテ・ヴィルヘルミアーナ――レアイナの妹で第四王女の名前だ。そして国民から圧倒的に支持される王女の中で一番の人気者。

大きなリボンの似合う美少女はあどけなさの残る顔立ちだが、長いストレートの金髪や大きな瞳とふっくらとした頬や綺麗な鼻筋など素材は超一級品。

フリルの多く使われた可憐なドレスに包まれた身体は肉感的とは言いがたいが、彼女の笑顔は見ている者全ての心をなごませ、笑顔を誘うというまさに天使のような存在だった。

そして将来はレアイナにも負けず劣らずの美少女、そして美女に育っていくことは間違いない。そう誰もがその将来に想いを馳せ、笑みをこぼさずにはいられなかった。

「みなさん、ありがとうございます～」

幼いながら王族としての高貴さと気品を兼ね揃えているが、ミリアンヌはとても愛想もよかった。左右の観衆に向けて手を振るために馬車の中を行き来し、常に笑顔で歓声に応え続けている。

もちろん少年もミリアンヌのことは好きである。しかし小さい頃から一人で生きてきたロウは、誰にも媚びない芯の通った強さのようなオーラを持つレアイナに強く憧れていた。

王子や王女が順に通り過ぎて王妃と続き、いよいよ国王の登場という時。

観衆の興奮が最高潮に上り、色鮮やかな紙吹雪が舞って王家を称える音楽が鳴り響く中、事件は起こった。

「国王、覚悟ッ!!」

その叫び声は歓声にかき消された。

数万を超える観衆がコースに陣取り、道端には人が溢れている。

その人ごみの中から飛び出した一つの黒い影が、ロウのすぐ横を通り抜けた。

（えっ、まさかっ……？）

一直線に国王の乗った馬車へと目がけ銀色の閃光が走る。

虚をつかれたロイヤルガード達がその光の正体に気づいた時には、すでに男の手は高く振り上げられていた。

「このっ――――！」

ロウは慌てて隊列の中から飛び出し、狼藉者の背後からタックルする。

始めに観衆の中から飛び出した人影が馬車の手前で地面へと沈んだ。自分が攻撃を受けるとは予想していなかったのか、受身を取るどころか派手に顔面から転んでいた。

その上から重なるように少年騎士が倒れ込んだ。

「大人しくしろ！」

暴れるそいつに覆いかぶさり押さえつける。

「き、貴様！　何者だ!?」

やっと重装備を施した精鋭部隊が不審者を囲んで取り押さえ自由を奪う。

捻り上げられた手から刃物が転がり落ち、国王を始め人々はやっと事の重大さに気づいたようだ。賑やかでお祭りムードだった城下一の大通りは一瞬にして騒然となる。

「これで終ったと思うなよアガルタニア!!」

　黒いローブを剥ぎ取られ引きずられていく男と、甲冑姿の少年に観衆の視線が注がれた。そんな彼が誰よりも早く悪漢に飛び掛かったおかげで、国王暗殺という最悪の事態は免れたことにようやく辺りは気づく。

　大手柄を立てた本人はどこか呆けたように尻餅をついたままだったが、国王の御前だということに気づき慌てて額ずく。

「そなたの名は何と申す？」

　騎士団長らしき人物の問いに少年は慌てて緊張した声で答えた。

「王国騎士団第十七小隊所属ロウ・コーラル、です……」

「追って沙汰があろう。もう下がってよい、持ち場に戻れ」

　俄かに辺りはざわついたままだが、中断されていたパレードは再開し国王の乗った馬車が去っていく。

「おい、すげーじゃん」

「大手柄だな、これはたっぷり褒美が出るだろう」

　つい先ほどまで王女に見惚れていたロウはあまりに現実感のないことが起こり、同僚の声も上の空で任務を終えるまでポカンとした表情のままだった。

　まさか自分の人生がこれから大きく変化することなど、この時はまだ実感できていなかっただろう。

第一章　初体験はメイドのお姉さん

「それではご案内いたします」

　メイドに導かれて謁見の間を後にした。

　柔らかな日差しが窓から差し込みポカポカと温かいある日の午後。広い廊下には王国の要人や多くの侍女達が行き来し、生まれて初めて見る王城の中の日常を目の当たりにしてロウは唖然としている。

　パレードがあったあの日、一人の少年騎士の冷静な行動がなければ今頃こうして穏やかな時間は流れていなかっただろう。突然に国王を失った国内は混乱し、跡取り問題で高官達の意見は割れ、果ては領土を狙った国外からの侵略攻撃を受けていたかもしれない。

　小さな英雄は城へと招かれ、国王ヘルハイドより直々にお褒めの言葉を頂戴し、騎士戦功銀章と豪華な装飾の施された金貨箱を与えられた。

　まだ騎士になりたてで実績もないことから爵位や騎士団における地位などの授与は見送られたが将来の出世は十分に期待できる。

「あ、あの……これからどこへ……？」

　順風満帆に人生の歯車がかみ合いだしたというのに、ロウは戸惑いを孕んだ表情を浮かべ、先導するメイドを呼び止めた。

「もちろん、レアイナ様のお部屋でございます」

「そうですか……」

国王暗殺未遂容疑で捕まった男の証言によると、賊はアガルタニアと隣国の同盟を阻止しようと、政略結婚の噂があるレアイナ王女の命も狙っているとのこと。

「そうじゃ、特別にレアイナの護衛騎士に任じよう」

国王の言葉が頭の中で何度も繰り返される。大金を頂いただけでも大変恐縮しきっていたロウは、いきなりプリンセスの身辺の警護を言い渡され動揺していた。

パレードの時に見とれていた王女様に直接会うことができるのは嬉しいが、そんな彼女を一人で守りきれるのかという不安もある。

「フフ……そんなに緊張なさらないでください」

「いや、でも……いきなり王女様の護衛なんて恐れ多くて……それに相手は国王の命を狙うような凶悪な組織ですし……」

表情を強張らせている少年にメイドは優しく微笑みかけた。

年齢は二十代半ばといったところだろうか。落ち着いた雰囲気を持つ美女の身を包むメイド服は黒と白を基調としたシックなデザインで、純白のエプロンとカチューシャが清潔感をさらに引き立てている。

長い茶髪をアップにまとめた髪型は知的な印象を受けるが、どこか可愛らしくとても好感が持てる女性だ。窓から差し込む日の光を浴びて上品な髪はさらに艶を増しているようだった。しかし襟の奥へと覗くうなじは色香を漂わせ、底の知れないミステリアスな大人の女性の魅力も感じる。

「きっと大丈夫ですよ。レアイナ様はお優しい方ですし、何よりロウ様は英雄なのですからもっと自信をお持ちになってください」

「英雄だなんて、そんな……」

くっきりとした眉に整った鼻筋と高貴で端正な顔立ちを持ち、二重まぶたで縁取られた大粒の宝石のような瞳で見つめられ、思わず言葉を失った。

幼い頃に両親を失い騎士を目指してひたすら剣の腕を磨いていた少年は女性に褒められた記憶もなく、恥ずかしさに耐えられず赤面して俯く。

絶世の美女と二人っきりで歩いていることを意識してしまい、王女と会う前から緊張して額には脂汗が滲んでくる。

「まあ、私としたことが申し遅れておりました。私はメイド長をしておりますディアナと申します。レアイナ様の側仕えとして働いておりますので、困ったことがありましたら何なりとお申しつけください」

思い出したように振り返った侍女はその場でちょんとスカートの裾を持っておじぎをする。自己紹介を忘れていたせいで少し頬を赤らめていたが、完璧な美貌の持ち主なのに少女のように、はにかみ照れた笑顔に少年の心はもうメロメロになりかけていた。

「……あ、あぁ……ボクはロウ・コーラルです……」

「はい、存じております」

「そ、そうですよねっ……」

慌てて自分も名乗ったが声が緊張で震えているのはバレバレで、もうすでに心臓が喉から出てきそうなほど鼓動は高まっていた。

「ふふっ……ロウ様ったら、おもしろいお方ですね」

手で口を押さえながら上品に笑うディアナ。

（うわ、おっぱいがすっごい揺れてるっ……）

服の上からでもそのサイズが確認できるほどの大きさを誇り、生で見たらどれだけ素晴らしい光景が広がるのだろうと童貞少年の妄想は加速する。美しい丸みを描く乳房は彼女が歩くたびにゆさゆさと重たげに揺れ、ついつい盗み見てしまう。

腰に伸びたラインはキュッと括《くび》れ、長いスカートに隠されているが豊満な尻肉と全身から肉感的でグラマーな身体つきのオーラが溢れている。その美貌は圧倒的で大人の女性の魅力溢れる巨乳メイドは少年の不躾な視線を感じつつ、それを咎めたりせずに微笑んでいた。

（お、落ち着けっ……落ち着けぇ……）

恥ずかしくて小さくなりながらしばらく歩いていると、大きな扉の前でメイド長は立ち止まった。謁見の間からは随分離れたところまで歩いてきたのだが、美女と一緒だったせいか一瞬のことのように感じた。

「それではレアイナ様にご紹介いたしますので、しばらくお待ちくださいませ」

「は、はぁ……」

侍女は軽くおじぎをして室内へと入っていく。

綺麗なお姉さんと二人っきりという緊張感から解放され一息つく少年。しかし慣れない雰囲気に戸惑いキョロキョロとしている様子はまさに不審者のようだった。

「ちょっとアナタ。ここは男子立ち入り禁止ですわよ」

突然背後から冷ややかな声を浴びせられる。ロウが驚いて振り返ると、背後に数人の侍女を従えたただならぬ雰囲気を持つ美少女が立っていた。

（レ、レアイナ様⁉）

部屋から出てくると思っていた王女の突然の登場に、少年は心臓が飛び出るかと思うほど驚いた。

しかし太陽のように輝く金色の長髪を綺麗に巻き、ふわふわと柔らかそうな上質の髪に加え、ツリ目で気の強そうな顔立ちはまさにあのレアイナ様だ。

「え、あっ……その……」

自分は案内されてここまで来ただけで、男子禁制なんて聞いてもない。慌てる少年騎士になおもプリンセスは詰め寄り、高圧的な言葉を浴びせる。

「わたくしの部屋の前でウロウロしないでくださる？」

「しかし、ここで待ってろって言われまして……」

ツンとした表情のまま髪をかき上げると、彼女はドレスに包まれた乳房を突き出すように胸を張った。大胆に開かれた胸元からは健康的で瑞々しくミルクのように白い乳肌が露わになり、十代とは思えないほど立派に育った乳肉に視線が引きつけられる。

全体的には細くてスレンダーな身体つきをしていて、手足などには無駄な脂肪も一切なく人形のようにしなやかだった。

「ここにいらっしゃったのですか……レアイナ様ったら、お部屋でお待ちくださいと申し上げましたのに……」

息を荒げながら室内からメイド長が姿を現した。

「フンっ、わたくしがどこへ行こうとわたくしの勝手ですわ」

高圧的な印象のツリ目ながら瞳は宝石のように澄んでいて、自信に溢れている強い輝きを放っていた。

(うぅ、にらまれちゃったよ……)

いきなり不審者に間違われ、少年の不安は一気に跳ね上がる。

「こちらが今日からレアイナ様の護衛騎士を務めてくださるロウ様です」

「護衛……ああ、お父様が言ってましたわね。この方がそうなの？」

メロンほどもある乳房を抱くように腕を組み、紹介された少年に好奇心に満ちた視線を向ける王女。彼女を守ることがロウに与えられた責務である。主となる人になるべくなら好印象を持ってもらいたい。

「あのっ……王国騎士ロウ。レアイナ様に絶対の忠誠を誓い、全力でその身をお守りいたします！」

「お父様を狙うような輩《やから》から本当にわたくしを守ってくれますの？」

国王暗殺を企むような連中に命を狙われているのに、護衛に来たのは騎士になりたての少年一人と、王女が不安に思うのも当然だ。

しかし少年も若輩とは言え王国騎士。憧れのお姫様と実際に会い、このお方を絶対にお守りするんだと気持ちは昂ぶってくる。

「確かに地位も実績もないですけど……」

ギュッと拳を握り、上品な顔立ちをした美少女を見つめた。

「必ず……必ず、ボクがレアイナ様をお守りします！」

「なっ……え、そ、そう……ですの……」

大人しそうだった少年の思わぬ気迫溢れる宣言に、レアイナが驚いて素っ頓狂な声を漏らした。先ほどまで圧倒していた騎士に逆に詰め寄られて熱い視線を向けられ、その真っ白な頬をかすかに赤く染め視線を逸らしている。

「ま、まあ頑張りなさい……」

恥ずかしがっているのを悟られまいとしたのか、レアイナはさっさとスカートを翻して部屋の中へと歩を進めた。それを追ってディアナと少年騎士も室内へと入る。

現王ヘルハイドには五人の王子と四人の王女がいて、その中でも王位継承権から遠い第三王女のレアイナが命を狙われるのか。それは彼女には隣国との政略結婚の噂があり、二国間の同盟強化を快く思っていない他国の陰謀ではないかと推測されている。

しかし当のプリンセスは自分と同じくらいの年齢の少年騎士が護衛ということに不満があるようだ。確かに実績や経験という点ではロウはあまりにも頼りない。

それでも忠誠心の強い少年の心の中には、王女様を守らなければという責任感が芽生え始めていた。

「護衛というのはいいとして……どうして彼がわたくしの部屋の隣の部屋で寝泊りする必要があるのかしら？」

「賊は恐れ多くもヘルハイド様のお命を狙うような輩。常にロウ様に護衛していただこうという配慮でございます」

「なっ……四六時中一緒にいなければなりませんの!?」

ただ気になるのは本来は男子禁制という王女の私室エリアに、少年の部屋も用意されたということだ。言ってしまえば軽く同棲をするような形になり、レアイナはますます不満で頬を膨らませている。

（大丈夫かな、ボク……）

こんなことで護衛騎士など務まるのだろうかと、不安な気持ちをどうしても拭い去ることができない。それでも頑張っていればきっと王女様も認めてくれるはずと、前向きに自分を励ますしかなかった。

わけの分からぬうちに見切り発車で始まったプリンセスの護衛生活。

とりあえず常に側にいようとしたが、部屋に入るとレアイナが怒るので仕方なくロウは入口のドアの前に立ち背筋を伸ばして辺りを注意深く見渡した。

そんな少年を城で働くメイド達が物珍しそうに眺めながら通り過ぎていく。ちょっとした見世物にされているような気がして恥ずかしかった。

「フフ、頑張ってください」

時々通りがかるディアナの優しい言葉だけが唯一の救いである。

しかし侍女頭も忙しいようで他のメイドと同じくすぐにどこかに行ってしまい、心の中で溜め息をついた。

「あれ、ロウ……じゃない……？」

しばらく立っていると不意に前を通り過ぎようとした一人のメイドが話しかけてくる。色鮮やかな紅髪を左右でまとめたツインテール少女が、まじまじと顔を見つめながら近寄ってきた。

「えっ……？」

突然名前を呼ばれて驚く少年は侍女の顔を見つめるが、見覚えがなく曖昧な表情を浮かべてしまう。

「そうよ、絶対ロウでしょ！　ねえ、こんなところで何してるの？」

「た、確かにボクは、ロウですけど……えっと……」

一方的にまくし立てる少女は長いまつげの下で輝く大きくて美しい瞳を輝かせ、嬉しそうに話を続ける。

どうやら知り合いのようで、必死に思い出そうと彼女を見つめ返すと、まず目が留まったのは大胆に胸元を開いたメイド服から覗く双乳の深い谷間だった。ディアナが着ていたものよりかなり露出が多く、張りつく同年代の平均よりも大きめの乳房が胸布を押し上げ、豊かな曲線を浮かび上がらせている。

胸だけでなく尻肉や太股などメリハリのある肢体は、十代の若々しく生気が溢れる健康的な美しさと大人の色香を持ち合わせていた。今にもパンツが見えてしまいそうなほどスカートは極端に短く、そこから伸びる脚線は女性独特の丸みを帯びている。将来はあのメイド長のように妖艶でグラマーな女性に成長するのだろうか。

「なによ、私のこと忘れちゃったの？　カレンよ、小さい頃に一緒に遊んだじゃない」

「カレン……って、あぁっ⁉」

その名前を聞いた瞬間にまだ両親が生きていた頃、家の近所に住んでいた少女のことを思い出した。

（カレンって……こんなに可愛かったっけ……）

美しく成長した幼馴染みにまったく気づかなかったが、そう言われてみると記憶の片隅に残る幼い少女の面影と、目の前にいるメイドの雰囲気がだんだんと重なってくる。

「あ、あのカレン……なの？」

「やっと思い出した？　もう、私は一目で分かったわよ。新しく来るレアイナ様の護衛騎士ってロウのことだったんだ」

ポンと手を叩き嬉しそうに笑うカレン。明るい笑顔を見せる少女は小さい頃からとても活発で男の子達に混じって遊び、誰からも好かれる皆のリーダー的な存在だった。

それに比べてロウは特に目立つようなタイプでもなく、内向的でカレンのように存在感がある方ではなかった。

「仕事の途中だったから、もう行くね。私もここで働いてるから、また会えるかもしれないね」

「う、うん。また……」

何か仕事を思い出し慌てて去っていくカレンの後ろ姿を、ロウは呆気に取られたようにボーっと見送った。しかし王城で顔見知りに会えたことで、これからやっていけるのかという不安も少し和らいだ気がする。


こうやって立ち尽くしてから一時間くらい経っただろうか。不意にレアイナがメイドを連れて部屋の外に出てきた。

しかしお姫様は入口に立っていた少年には何も言わずにどこかへと行こうとする。

「あ、あの……レアイナ様、どちらへ……」

てしまう。


「別にどこだっていいでしょう」

慌てて駆け寄ってきたロウの方をチラッとだけ見てからレアイナはツンとそっぽを向いてしまう。

「いや、でも一応、側にいないと……」

「ですから……いちいちついてこなくて結構ですわ」

「そういうわけには……」

ついてくるなと言われても護衛騎士としてその命令を聞くわけにはいかない。責任感の強い少年はどんどん歩いていく王女の後を追っていると、お付きのメイドがそっと教えてくれた。

「レアイナ様はご入浴のお時間で……」

「あっ……よ、余計なことを教えなくていいですわよっ！」

お風呂に行くことを知られたくなかったのか、メイドを一喝するとお姫様はさらに歩くスピードを速くする。コツコツとテンポの速いヒールの音が廊下に響き、スカートを翻しスラリと伸びた脚が交互に行きかう。

「まさかアナタ、お風呂の中までついてくるつもりじゃないでしょうね⁉」

「え、そ、そういうわけじゃ……」

突き放してもなおついてくる少年に、レアイナは呆れたように髪をかき上げながら立ち止まり振り返る。綺麗に巻かれた縦ロールが揺れ、純白のドレスに包まれた大きな乳果実がぷるんと弾んだ。

（うっ……）

思春期の少年の視線は自然と豊かな胸元に吸い寄せられ、お風呂という単語がさらに妄想を加速させる。目の前のお姫様が裸になっているシーンが嫌でも脳裏に浮かび、慌てて雑念を振り払った。

「何だか目つきがいやらしいですわよっ!!」

「め、滅相もないです！　入口までですから……」

両手をブンブンと振っている少年をジト目で睨みながら、甘い髪の香りを残してレアイナは大浴場へと消えていく。綺麗な金髪の巻き毛を揺らしながら去っていったその後ろ姿を追いながら、少年騎士は大きく溜め息をついた。

「こんなことでやっていけるのかな……」

護衛といっても何をすることもなく、再び扉の前で立ち尽くすしかない。とにかくお姫様が入浴中は一息つけるかと思った矢先だった。

ガシャーン――ッ！

何かが落ちたような派手な音が室内から聞こえてきた。

（ま、まさか窓からくせ者がっ⁉）

一瞬のうちに最悪のシナリオが脳裏を掠め、少年は反射的に大浴場の扉を開ける。

脱衣所に控えていたメイド達が何事かと振り返るが、少年はわき目も振らずに浴室へと突入した。

「レアイナ様っ、大丈夫ですか⁉」

大きな鏡のある脱衣所のような部屋にはお姫様の姿はなく、ロウは蒸気で曇るガラス戸を開けてさらに奥へと飛び込んだ。

「何があったんです……ぐほっ！」

お湯の熱気と甘ったるい香りが一気に全身を包んだかと思ったら、突然顔面に激痛が走る。何かを投げつけられバランスを崩した少年騎士は石造りの床に尻餅をつき、痛みの残る額を手で擦りながら視線を上げた。

「何があったじゃありませんわよ！　何でアナタが入ってくるんですの⁉」

「……え、えっ……あれっ……」

大浴場は床から壁まで全て石造りでできていて、天井には光を取り込むためにステンドグラスになっている。プールのように広い浴槽の周りには見たこともない植物が置かれていたりとやたらと豪華な造りをしていたが、そんなことに見とれている暇はなかった。

目の前にはタオルで胸元や股間を隠しながら、顔を真っ赤にしたお姫様が仁王立ちしている。普段は綺麗にロールしている髪がしっとりと濡れ、桜色に上気した肌に張りつき色っぽさが増していた。しかし露出した両肩は怒りでわなわなと震えている。

「堂々と覗きに来るとはいい度胸ですわね……」

「の、覗きッ⁉　いえ、そうではなくてっ……あの……窓が割れたような音がして、それで……心配になって……」

徐々に自分がとんでもない失敗をしてしまったことに気づく。オロオロとしながら言い訳をするが、そんなものをお姫様が聞き入れてくれるはずもない。先ほど投げつけられたと思われる水桶を拾うと、金髪少女はそれを振り上げ声を荒げた。

「いいからさっさと出て行きなさいっ‼」

「は、はいっ！」

少年は転がるように大浴場を後にする。湯気のせいで服が汗でビショ濡れになってしまい、廊下にへたり込んでしまう。

王女様に認めてもらうどころか、いきなり怒らせてしまい肩を落とす少年騎士。

「ちょっと、何してるのよ……」

騒ぎを聞きつけやってきた幼馴染みの少女が声をかけてくれたが、再会を喜んでいる場合ではなかった。

「もう、ビショ濡れじゃない。早く着替えないと風邪ひくわよ」

「ご、ごめん……」

カレンに促されて濡れた服を着替えるために一度自分用に用意された部屋に戻りながら、あれだけ気の強いお姫様に護衛なんて必要なのかなと思ってしまった。

軽装の騎士装束に着替えなおして急いで大浴場へと向かったが、もうすでにお姫様の姿はなくどこへ行ったのかも分からない。通りがかったメイドに聞いても、皆一様に首を横に振る。

「はぁ……やっぱりもういないよなぁ……」

悪気はなかったにせよ、レディーのお風呂を覗いてしまったのだ。元々、あまり好印象を持たれていなかったのに、これでは嫌われたかもしれない。

それでも任務を放棄するわけにもいかず、溜め息をつきながらレアイナを探し、とりあえず城内を歩いてみる。王女の私室エリアといっても一つの塔全体が王女の生活区域で、大浴場や娯楽室、食堂にサロン、そこで働くメイド達の部屋など数えだしたらきりがない。

そんな広すぎる場所を当てもなくうろついたところで、お姫様を見つけるどころか自分がどこにいるのかも分からなくなっていた。

しかもあちこちから歳若い少女や綺麗なお姉さん達のトーンの高い声が聞こえ、辺りには甘い香りが漂い、まさに女の園ということを再認識させられる。男しかいない騎士団で生活してきたロウにとっては、まさに異世界の空間だった。

（あれ、どこだったっけ……）

ひとまず部屋に戻ろうにも周りは似たような扉が永遠と並んでいる。まさか護衛騎士ともあろう者が主人を見失い、城内で迷子になったなど恥ずかしくて口が裂けても言えない。それに女性にあまり免疫のない少年にとって、面識のあるディアナやカレン以外のメイドに話しかけるのはかなり勇気がいることだった。

（確かこっちだったと思うんだけど……）

焦る内心を押し隠して廊下を進む。

そして見たことがあるような気のする扉の前にたどり着いた。周りのものよりも豪華な造りをした扉の雰囲気が記憶の片隅と一致したような気がする。

さっきの失敗があるのでちゃんとノックをしてから、返事が来るまで室内には絶対に入らない。そう思っていたところ、すぐに「どうぞ」と声が聞こえた。

「失礼しますっ！　先ほどは大変失礼しましたっ!!」

部屋に入るなり律儀な少年は深々と頭を下げる。誠心誠意込めて謝れば気難しいお姫様もきっと許してくれるはずと思いながら顔色を窺おうとした。が――――。

「え、あれ…………」

聞こえてきた声の感じは似ていたが、目の前のソファに腰掛けていた少女はレアイナではなかった。目が覚めるような金髪は同じだが、こちらは腰からお尻の辺りまで伸びたストレートヘアでつやつやの髪質である。

「あら？　もしかして……」

ソファに腰掛けていた少女が大粒の宝石のような瞳でこちらを見つめてきた。

その顔立ちや声も幼くロウよりも年下なのだろう。りんごのようにぷっくりとした頬にぱっちり二重と童顔ではあるが、整った鼻筋立ちなど高貴な雰囲気がある。

膨らみかけのバストに人形のように細い手足と、まだ発展途上といった感じの身体つきをしていた。そんな全身を包むドレスはフリルとレースをふんだんに使い可愛らしいデザインだが、上品で派手すぎず少女にとても似合っている。

「ミ、ミリアンヌ……様ッ⁉」

何とここは少年が仕えるレアイナの妹である第四王女ミリアンヌ・ヘンリエッテ・ヴィルヘルミアーナ様の部屋のようだ。国民からはアイドル的な人気を誇り、何人もの他国の王子達が婚姻を迫ったという噂まである王国一の美少女に見つめられ、一瞬にして身体が緊張でガチガチに硬直してしまう。

「し、失礼しました！」

「待って！　ロウ・コーラルさんじゃないですか？」

やっとのことで声を絞り出し頭を下げ慌てて部屋を出ようとしたが、部屋の主に呼び止められる。

「はい、そうです……」

「あぁ……やっぱりそうだったんですねっ！」

自分の名前を呼ばれ驚く少年をよそに金髪少女はぱぁっと表情を明るくした。普通の顔でも相当の美少女だと思ったが、その愛らしく人懐っこそうな笑顔はあまりにも魅力的すぎた。

「私、ミリアンヌと申します。みんなはアンって呼ぶから、ロウさんもそう呼んでくださいね」

「ミリアンヌ様に、そんな恐れ多いことは……」

ドレスの裾をちょんと摘んでおじぎするアン姫。少し背伸びをして大人のレディと同じように振舞うその姿は見ていてとても微笑ましいが、王女が一介の騎士に自己紹介するなどありえない。

すっかり恐縮して頭を下げる少年に妹姫は無邪気な笑みを向ける。

「えー、アンはアンって呼ばれた方が嬉しいから、そう呼んで欲しいです。ダメ……ですか？」

疑うことを知らず無垢な笑みにロウも吸い込まれそうになる。実際、脚が棒のように固まってしまい、その場から動けなくなっていた。

少年は身分の差を超越した要求に頷くしかなかった。

「……かしこまりました。……ア、アン、さ、ま……」

緊張で声が震え上手くしゃべれなかったが、愛称で呼ばれた王女は満足そうに微笑んだ。

「お城に来てるって聞いたから、とってもお会いしたかったんですよ～」

「ボクこそアン様にお目にかかれて光栄です……」

なぜか先ほどからハイテンションになっているお姫様は立ち上がると、長く美しい金髪を揺らしながらこちらへと駆け寄ってくる。身長はロウよりも頭一つ分くらい低く、王族だというのにその笑顔は親しみやすさまで覚えてしまう。

「あの時のロウさんって、とってもカッコよかったですよ！　お父様に襲い掛かった悪者をバッって取り押さえて……さすが騎士さんですね～」

「い、いえ……あれはたまたま運がよかっただけです……」

どうやら妹姫は先日のパレードの一件を見ていたようだ。国中がその愛らしさと可愛さを認める王女様が目の前で、自分のことを褒めてくれている。

（ア、アン様に……褒められたっ……）

おそらく意識はしていないのだろうけど、アンは大きな瞳をキラキラと輝かせ上目遣いに少年を見つめた。髪の毛の甘い香りがするほどにお姫様の顔は近く、思わず後ずさりしそうになる。

「お姉様の護衛騎士になったんですよね？　あ～あ、残念……そうじゃなかったら私のナイトになって欲しかったのになぁ～」

「もったいないお言葉です……」

積極的に話しかけてくるアンの言葉に一つ一つ丁寧に答えてはいるが、正直もう頭の中はパンクしそうだった。憧れの王女様に会えた喜びや、自分のことを知っていたという驚きと色々な感情が混ざりあっている。

「え？　ロウ？　なんでアン様の部屋にいるのよ？」

声のした方に振り返ると幼馴染みの少女が少年を訝しげに見つめていた。

「どうして、カレンがここに……」

「私はアン様の側仕えだから当然でしょ。それより何でこんなところにいるのよ？」

慌てている少年を弁護するように王女が二人の間に割って入る。

「カレン、私がロウさんをお呼び止めしたのだから、怒らないであげて」

「え……アン様が……？　どうしてロウを……？」

メイドは二人の顔を交互にまじまじと見つめた。

「だってロウさん、すごくカッコイイからお話してみたかったの」

「か、かっこいい……ですか？」

パッと表情を明るくした姫君が笑顔で侍女に説明する。国民のアイドル的存在の王女に初対面からずっと好意を向けられて、恥ずかしいけど嬉しいことは間違いない。

そんな心内が顔に出ていたのか、カレンはムッとした表情を浮かべ声を大きくする。

「アン様。お言葉ですが、ロウは今では騎士になってますけど、小さい頃はすっごい泣き虫だったんですよ。よく女の子に泣かされてて、私が助けてあげてたんです」

「ちょ、ちょっとカレンっ、やめてよ……」

突然に少年の過去の話を始める幼馴染み。ロウは慌てて少女の話を中断させようとしたが、王女は嬉しそうに両手を合わせた。

「あ、もっとそのお話聞きたいですっ。そうだ、せっかくですからロウさんもカレンも一緒にお茶でも飲みながらお話ししませんか？」

国民から絶大な人気を誇る王女からお茶に誘われ、悪い気はしない。光栄極まりないことだが、主人を放置したままなことに気づいた少年騎士の顔は青くなった。

夜の見回りを終えて部屋に戻った時には時計は深夜を大きく回っていた。

あの後やっとのことでレアイナを見つけると、どこへ行っていたのかとまさかのお叱りの言葉を頂いてしまった。ついてくるなと言われたり、いないと怒られたりと振り回されっぱなしだ。

その後も道に迷ったり部屋を間違えメイド達の着替えを覗いてしまったりと、慣れない城での生活は戸惑いと失敗の連続で心身ともに疲労しきっている。

（はぁ……疲れた……）

王女が利用する大浴場の他にはメイド用の浴場しかないため、ロウもそこを利用させてもらうことになっている。しかし使用できるのは侍女達が寝静まる午前一時以降のみと決められていた。

一人で入るには大きめの浴室には女性の甘い残り香が漂っている。しかし、慣れない女だらけの環境から解放され多少は気分は楽になる。一日分の疲れが徐々に癒されて、心地よい眠気に全身が支配されかけた時、不意に脱衣所の方から声がかかった。

「あら、まだ誰か入っているの？」

優しくおっとりとした声が夢見心地だった意識を現実へと引き戻す。派手な水音を立てて少年は上体を起こし浴室の扉の方を見つめた。すりガラスに丸みを帯びた身体つきのシルエットが映り、引き戸が開け放たれる。

「え、あっ……あのっ……」

「まあ、ロウ様じゃないですか？　今日はご苦労様でした」

自分が入っていることを伝える暇もなく、浴室へと顔を覗かせたのは物腰の柔らかい美人メイドだった。一人で慌てる少年とは反対に、異性がいることに動じた様子もなく優しく微笑んでいる。

美女はタオルで申し訳程度に身体を隠しているが、その豊満な肢体を覆いつくすことはできなかった。メロンのように大きな乳房が左右からはみ出し、雪のように白い手足が惜しげもなく晒される。

「ど、どうして、ディアナさんがっ……」

成熟した大人の女性の半裸姿に一瞬見とれてしまったが、紳士的な少年はすぐに視線を逸らした。しかも異性に裸を見られているということを意識してしまい、急速に羞恥が込み上げてくる。

「少しお仕事が長引いてしまって、気づいたらこんな時間になってしまいました。お一人でゆっくりされていたところをお邪魔してしまい申し訳ありません」

「えっ、いや、こちらこそ、すみませんっ……」

初心《うぶ》な少年はひたすら謝り続けながら、顔を真っ赤にして湯船の中で身体を小さく丸めていた。

「それでは申し訳ございませんが、ご一緒させていただきますね」

「は、はひっ……はいっ……」

一礼してからメイドは湯船の近くに腰を下ろした。胸元をタオルで隠しながら、片手でお湯をくみ、ゆっくりと肩からかける仕草の一つ一つがやけに色っぽい。歳若い少女では真似できない大人の色香に、思わず視線を奪われた。しばらくすると美女は身体を洗うために背を向け、持っていたタオルで腕や背中を丁寧に擦り始める。

（ディアナさんの裸……すごい綺麗だ……）

彼女が後ろを向いているのをいいことに、ロウは舐め回すように裸体を見つめてしまった。その後ろ姿は女神のように神々しく、また底知れない性的魅力を感じ自然と血液が股間へと集まってくる。

濡れた髪の張りついたうなじに白い肌と丸みを帯びた身体と、長く男だけの空間で生活してきた童貞少年はその艶姿に夢中になっていた。

「ふふ……いいお湯ですね。あら、ロウ様……お顔が真っ赤ですよ？」

湯船に入ろうとしたディアナが驚いた声を上げた。ずっと美女の湯浴《ゆあ》みを眺めていたせいで浴室を出るタイミングを失ってしまい、のぼせて頭がクラクラとしている。

「少し外に出られた方がよろしいのではありませんか？　……そうだわ、私にお背中を流させてくださいませ」

「え……？」

思わぬ申し出に慌てる少年騎士を他所《よそ》に、もうメイドはその気になっている。片手で胸の辺りの上からタオルを押さえて腕を引っ張った。

「い、いやっ……大丈夫ですからっ……」

しかしディアナの裸体を眺め続けていたせいで、すでに股間の逸物は完全に勃起してしまっている。こんなところを見られでもしたら、嫌われてしまうかもしれないと少年は逆に湯船に身体を沈めた。

「いえいえ、今日はお疲れでしょうから、ぜひご奉仕させてください」

「本当に大丈夫ですから……」

優しい笑顔を浮かべた彼女の申し出を断り続けることもできず、結局ロウは股間を隠しながらバスチェアへと腰を下ろした。

「ふふ……お城の生活はいかがですか？」

石鹸で泡立てたスポンジで背中を優しく擦りながらメイドが尋ねてくる。直接視界からディアナが消えても背後から漂う大人の色香のせいで、心臓は高鳴りっぱなしだった。

「えっと……まだ、慣れないことばかりで……」

「そうですか。何か困ったことがありましたら、何なりとお申しつけください」

「あ、ありがとうございます……でもボク全然頼りないし、レアイナ様には嫌われてるみたいですし……」

「まあ、レアイナ様はロウ様のことを嫌ってなどいませんよ」

護衛騎士として王女の側仕えを始めた初日から失敗続きで、つい弱音を吐いてしまった少年に侍女は教え諭すように語りかける。

「……本当ですか？」

「レアイナ様も少し戸惑っているだけで、本当はロウ様のような素敵なナイトができて喜んでいますよ」

「そ、そうは見えませんけど……」

腕を組み仁王立ちするレアイナの姿が脳裏に浮かび、ロウは溜め息をつく。

「ほら、騎士たる者がそんな弱音を吐いてはダ～メ……」

「ひゃうっ……ディアナさん⁉」

むにゅう――。突然、背中に柔らかく弾力のある感触が伝わり、二つのコリッとした硬いものが押しつけられる。思わず振り返ると吐息がかかるほどすぐ間近にメイドの顔があった。

（や、柔らかいっ……）

驚く少年の頭を撫でながら美女はそっと背後から抱き締めてきた。裸の女性に抱きつかれて心臓は高鳴っているのに、なぜかこうしてもらうと心が落ち着く。

「ロウ様が一生懸命にがんばっていらっしゃるのは、レアイナ様もきっと見てくださっています」

「は、はい……」

優しく語りかけてくるディアナのぬくもりが全身に伝わってきて、何とも言えない安心感に包まれる。

「もちろん私も真面目なロウ様のことが大好きですから……」

「えっ……あ、ありがとう、ございます……」

社交辞令なのか本気なのか分からないが、いきなり好きと言われたロウは恥ずかしくてディアナの顔をまともに見ることができなかった。少しのぼせて夢心地に浸っていたが、若い牡の身体はだんだんと背中越しに伝わってくる乳房の柔らかさに反応し始めている。

「あら……まあまあ、ロウ様ったら……」

硬くなる逸物はいつの間にか大きく膨らんでいた。それを発見した美女は男の生理現象を咎めることなどせずに柔らかく微笑んでいる。

「あっ！　これはっ……ご、ごめんなさいっ……」

慌てて両手で股間を隠すがディアナは柔らかい表情を浮かべたまま胸に腕を巻きつけ、しっかりと抱き締めてくれた。

「ふふ……謝らないでくださいませ。ロウ様は、私のような年上のメイド女に興奮してくださったのですか？」

「年上とか関係なくて……ディアナさんはすごく綺麗ですよっ……」

思わず振り返り大声で叫んでしまった。驚いて目を丸くしている侍女と見つめあい少年は自分がとても恥ずかしいことを口走っていたことに気づく。

「……まあ、ロウ様ったらお世辞がお上手なんですね。私のような者にまで気を使われな

くてもよろしいですのに」

おっとりとしていて大人の女性の余裕のようなものを感じさせていたディアナも、少し照れたように頬を染める。

「お世辞とか気を使ってるわけじゃ……ディアナさんは本当に綺麗で……むしろ優しいのはディアナさんの方で、えっと……はい……」

何を言っているのか分からなくなり少年は顔を真っ赤にして俯いたが、メイドは嬉しそうに声を弾ませた。

「どうしましょう、そんなに褒めていただけるなんて光栄です……そうですわ、何もお礼をして差し上げられませんが、せめてご奉仕させてください」

「えっ……？」

すっかり上機嫌になったメイドは豊満な胸をさらに押しつけるようにして身体を密着させ、脇の間から両手を伸ばしてきた。

「ディアナさん……何を、うっ⁉」

ビクン――ッ。不意に甘い刺激が下半身を襲い背筋が震える。自己主張を始めている逸物を包み込むように美女の五指が絡みつき、ギュッと温かな圧力が加えられた。

「私にお任せください。ロウ様はゆっくりと一日の疲れを癒してくださいませ……」

「そ、そんなっ……悪いですよっ……」

侍女に触れられるたびに股間は痺れて、男根にはすでに何本もの血管が浮かび上がっている。そして先端からは透明な我慢汁が溢れ、しなやかな指を濡らした。

「遠慮なさらなくても大丈夫ですよ……私の身体で興奮していただいたのですから、ここのお世話も私にさせてください」

「そういうつもりで言ったわけじゃっ、くぅ……」

美人メイドは少年の制止など聞かず、硬く勃起している男根を慣れた手つきで扱《しご》き始める。張り出したカリ裏に指を絡め竿全体を上下に擦られ、未知の快感が股間に渦巻く。

（そんな、いきなりっ……）

突然の手淫に驚くばかりで、他人に性器を弄られているという恥ずかしさと予測不可能な心地よさに翻弄され手足から力が抜けていく。抵抗がなくなると美女の手つきはさらに大胆なものへと変化する。

しゅっ、にゅる、にぢゅ……ぢゅ、にゅるぅっ……。

石鹸で潤滑を増した手コキはさらになめらかに淫摩擦を繰り返す。未熟な牡棒はたちまち限界まで膨らみ、熱い欲望が湧き上がってくる。

「ふふ……ロウ様、腰をビクビクと震わせられて……感じてくださっているんですね」

裏筋をなぞるように竿全体を扱き、カリの括れに指を巻きつけ反対の掌で亀頭を擦ったりと様々なテクニックを披露しながら悪戯っぽい声で囁く。

「はぁ……あくっ、だってっ……そんなに擦られたらっ……うぅっ！」

「遠慮などなさらずに、思いっきり出してくださいませ」

まだ数分と経っていないのに、若い逸物は今にも爆発しそうなほどビクビクと震えている。ディアナはペニスを擦る手とは反対の掌で玉袋を揉んだり、内股を撫でたりと刺激責めを繰り返す。

次々に流れ込んでくる快感が麻薬のように全身を痺れさせ手足の力を奪う。さらには抵抗しようという気力さえ失われてくる。

「あぁ、もう……ダメです、我慢できないっ……」

射精欲を堪えようとすると上半身が仰け反り、侍女のおっぱいに背中を押しつけているみたいだった。いつもなら慌てて飛び退くだろうが、今の少年にそんな余裕はない。

切羽の詰まった声で快感を訴える少年の視線は美女の手中で弄ばれている逸物と共に湯気で曇る天井へと向けられる。

「うふふ……我慢なんてしないで、たっぷり射精してくださいませ……」

おっとりとしていて優しそうだったメイドの口からまさか射精という卑猥な単語が飛び出すとは思いもしなかった。しかも耳元で囁くように息を吹きかけ、耳たぶを甘噛みしてくる。

さらには胸を撫でられ乳首を摘まれたりと、全身をディアナの柔らかなぬくもりと刺激的な愛撫で包まれてしまう。

（い、イクっ……本当にでちゃうっ……）

背筋をゾクゾクと甘い電流が走り抜け、ロウは情けない声を我慢することで必死だった。

それでも込み上げる欲望の渦はさらに大きくなり、わずかに残る理性を飲み込んでいく。

「もうっ……ロウ様ったら、強情ですのね……」

「はぁはぁ……そ、そういうわけじゃ……」

今にも射精してしまいそうな逸物からすべすべとした指先の感触が去っていく。このまま快感に身を任せていればと思うと少し残念だったが、ひとまずは手コキから解放された。

しかし寸止めを食らったペニスはギンギンに勃起し、先端から透明な我慢汁を溢れさせながら切なげに震えている。

「私としたことが……もっとご奉仕しないと満足していただけませんよね」

「へ？　別にそういうわけでは……わわっ！」

快感の波が和らぎ、ほっとしたのも束の間。気がつくと侍女は足元に跪《ひざまず》き、今度は正面から逸物を握り締めてきた。

「ロウ様のここ……とってもお元気……」

「それはディアナさんがエッチなことをするから……」

「まあ。私のご奉仕で感じてくださったんですね、嬉しいですわ」

嬉しそうにメイドは微笑んだが、少年は思わず息を呑んだ。今まで極力見ないようにしていた美女の裸体が目の前にあるのだ。彼女を見下ろすような角度になり、豊かなおっぱいからその中心のピンク色をした尖りが惜しげもなく晒されている。

少し視線を落とせば股間に生い茂り、しっとりと濡れたアンダーヘアまで丸見えだった。

（う、ディアナさんの身体すごいエッチだ……）

童貞少年ですら感じるほど侍女の身体からは湯気と共に牝の色香が漂い、正常な思考を狂わせる。おかげで石鹸と先汁でぐちゃぐちゃに濡れた男根は硬度を保ったままだ。

「それでは失礼いたします……はむぅ、ちゅる……」

ヒクつく男根の根元を片手で固定して、唾液をたっぷりと含んだ採舌が亀頭のワレメに沿って表面をなぞっていった。熱く濡れたざらつきが甘い痺れとなって逸物から股間へと広がる。

「あひぃ、ちょっと……ま、待ってっ……」

内股にメロンほどもある生乳を押しつけるほど股間に顔を埋め、侍女は肉感的な唇の奥へと亀頭を呑み込んでいく。

「ぢゅ、ちゅぅ……ちゅ、ぢゅるっ、ンぅ……」

唾液と逸物の粘膜が絡み合う水音を立てながらペニスを頬張ると、今度はぬぷぬぷと舌で裏筋を舐めながら吐き出す。

髪を揺らしながら顔を動かして唇と舌で肉棒を扱き、大きな瞳で上目遣いに騎士を見上げた。

「ンンっ……どうれすふぁ？　ンっ、ぢゅ、ちゅむ……ちゅうぅぅっ……」

年上の女性を跪かせ肉棒をしゃぶらせる。その興奮が大人しい少年の本能を刺激し、牡としての欲望を沸き立たせた。

「……ん、じゅぼ……さあ、ロウ様ぁ……イってください、私の口の中に精液を出してくださいませ……」

妖艶な笑みを浮かべたメイドは射精を促すように、いきり勃つ逸物の根元を扱きながら亀頭を舐め弄る。

「うぐっ……そ、そんなこと言われてもっ……」

本音を言えばもちろんこのまま気持ちよく射精してしまいたかったが、騎士としてどうしても女性の口内に精液を吐き出すことに抵抗があった。

しかしそんな少年の信念をも肉悦は徐々に蝕《むしば》んでいく。舌のザラついた舌肉が裏筋を擦り、柔らかい頬裏の粘膜が敏感なカリ裏を包み込む。ぷりっとした唇の端からは唾液と先汁の混ざった涎がこぼれて、淫猥な音が浴室内に反響する。

「ディアナさんっ……本当に出ちゃいますっ……」

ねっとりとペニス全体に絡みついてくるフェラチオの味は童貞少年には少し刺激的すぎた。先ほどの手コキで寸止めを食らい、再び湧き上がってきた射精欲を今度は止めることはできない。

美女の口内で逸物がギンギンに勃起し、浮かび上がった血管がビクッビクッと舐められるたびに初々しく反応する。

「ほら、我慢なさらずに……イってくださいませ……」

メイドの舌技に少年は限界まで追い詰められていた。

無意識のうちに腰が浮き上がり腹筋に力が入り、前かがみになってしまう。そして行き場を失った拳はメイドの両肩を掴んでいた。

「あぁ、くっ……イ、イクッ……！」

ドバドバと吐き出される我慢汁を飲み込み、さらには尿道の奥で渦巻く精液までも吸い出そうかといわんばかりに美女がペニスにしゃぶりついてくる。

若い男根は口淫奉仕の快感に悲鳴を上げた。強烈な吸いつきに耐えきれず理性の堤防は決壊し、怒涛の勢いで欲望の塊が肉棒の奥から駆け上がってくる。

「で、出るぅっ！　出ちゃうぅぅぅぅ——ッ!!」

少年の絶頂を察したらしいメイドは爆発寸前の逸物を喉の一番奥まで呑み込み、快感に震える腰の突き上げを受け止めた。

びゅるるッ！　びゅるるぅ〜〜ッ！　ぶびゅ、びゅるるるぅぅぅうぅ————ッ!!

後から後から精液が込み上げ、尿道を押し広げながら一気にメイドの喉奥へと吐き出していく。あまりの心地よさに一瞬視界が白く霞んでしまった。

「はンっ……ウンッ、うぐ……こくっ、ンく……」

立て続けに吐き出された白濁液の量の多さにディアナの美貌が一瞬強張る。しかし侍女はすぐに喉を鳴らし口の中に溜まっていくスペルマを嚥下《えんか》していった。

「はむぅ……ちゅる、ンむ、ちゅぅ……」

桜色に上気した頬には髪の毛が張りつき、額には汗が滲んでいる。あの優しく母性的な普段のディアナからは信じられないくらい色っぽい表情を浮かべていた。

「はぁ、はぁはぁ……ご、ごめんなさい……」

女性の口の中に無遠慮に射精を繰り返し、満足感と罪悪感の交じりあった複雑な気持ちだった。しかし全身からはドッと力が抜けて、バスチェアから転げ落ちそうになる。

「……ちゅむ、ふふ……たっぷりと出ましたね……」

やっと逸物を吐き出したメイドは舌で唇の周りについた精液を舐め取っていた。

そして再び亀頭に吸いつくと、尿道に残った精液を吸い出そうとしてくる。まさか異性と一緒にお風呂に入るだけでなく、手コキとフェラで射精させられるとは夢にも思わず、放心しかけている。

「あぅ、ディアナさん、イったばかりだから……くぅっ！」

「まあ……射精したばかりだというのに、まだこんなに硬いなんて……もっとご奉仕して差し上げたくなりますわ……」

一度あれだけ吐精しておきながら天上に向かいいきり勃つ男根に、美人メイドは頬を染めつつ目を細めた。上体を少し起こしてから掌には収まりきらないほど大きな乳肉を持ち上げ、ペニスを両側から挟み込んだ。

むにゅ、にゅりゅ……にゅむぅむにぃ――。

「あぁっ……お、おっぱいがっ……」

汗とお湯で濡れた乳肌は肉棒を包み込み、その質感たっぷりの乳房の中に埋もれた瞬間に感動と温かい柔らかさのあまり思わず情けない声を漏らしてしまう。童貞ペニスは谷間の中でビクビクと震え、快感が強すぎて腰が痺れてくる。

「ン、ンっ……ふふ、ロウ様……気持ちいいでしょうか？」

すべすべとした乳肌は男根に吸いつくように絡みつき、優しく上下に扱くたびに大迫力の爆乳が股間の上で弾んだ。射精したばかりで敏感になっている亀頭や裏筋も全て、肉棒全体をすっぽりと包み込まれてしまう。そのうえわずかに顔を覗かせる先端にディアナは吸いつき、ロウは堪らず声を漏らした。

「は、はいっ……とっても、気持ちいいですっ……」

すでにメイドのご奉仕の虜になりかけていたロウは快感に耐えながら頷く。

そんな年上の女性の母性本能をくすぐるような姿に、ディアナも興奮してしまったようで美しい貌がほのかに上気していた。

「あの……ロウ様……」

ギンギンにいきり勃つ肉棒に自慢の乳房を押しつけながら美女は甘い声と上目遣いで訴えかける。

「ひゃいっ……な、何でしょう⁉」

思わず上擦った声が出てしまった。

「ロウ様のここは、まだご満足されていない様子ですので……もっとご奉仕させていただいてもよろしいでしょうか……」

「え、えっ……それって……」

期待のこもった視線を浴びせられたディアナは恥ずかしそうに頬を染めながら、うっとりとした瞳で見つめ返してくる。

「はい。僭越ではございますが、ロウ様さえよろしければ、あの……本当にもし、よろしければ――セックスのお相手をさせていただいてもよろしいでしょうか……」

「は、はいっ！　むしろ大歓迎というか、ディアナさんさえよければ……ぜひ、お、お願いしますっ‼」

「ふふ……ありがとうございます」

少年が慌てて何度も首を縦に振ると侍女は嬉しそうに目を細め、優しく首に両腕を回し抱きついてきた。

メイドは豊満な乳房を押しつけながら、少年を床へと導いた。射精直後で力の入らない身体はいとも簡単にバスチェアから下ろされ、仰向けに寝かされる。

「そんなに緊張なさらないでくださいませ……」

「あ、はい……」

童貞少年の胸は初体験への期待と不安で高鳴り、緊張で身体中がガチガチになっていた。そんな様子を察したディアナが顔を覗き込んでくる。

「大変失礼ではございますが、ロウ様は女性経験がおありでしょうか？」

「えっ……それは……」

「そうですか……やはりそれで……ならば、初めての相手が私のような者でよろしかったのでしょうか……」

答えづらい質問に口ごもる少年の反応を肯定と判断した美女は、四つん這いに覆いかぶさったまま柔らかく微笑む。

「はいっ……ディアナさんと、その……したいです……」

一瞬だけレアイナの顔が脳裏に浮かんだ。しかし王女は自分が一方的に憧れているだけの遠い存在。

歳若い少年には目の前の美人メイドとのセックスに勝るものなどなかった。

「あぁ……ロウ様の初めてのお相手に選んでいただけるなんて……精一杯ご奉仕させていただきますわ……」

感激した美女は嬉しそうな表情を浮かべながら股間に跨ると、あれほど射精したにもかかわらずギンギンに勃起した逸物の先端を女陰へとあてがう。

くぱぁ――と広がった大淫唇の間からは透明な露が滴り、ピンク色の花弁はヌラヌラと妖しい輝きを放っていた。熟れた大人の膣口は童貞少年の初穂を待ちきれないとばかりいやらしくヒクついている。

（こ、これが女の人のオマ○コっ……）

ぱっくりと口を開いた秘唇に少年の視線は釘付けになった。お湯とは異なる粘度のある液体が淫裂を濡らし、くちゅりと淫質な音を鳴らして亀頭に吸いついてくる。

「ロウ様の初めてをちょうだいいたしますね……」

「あぁっ！　ディアナさんっ……うあぅっ!!」

少年の悲鳴にも似た声を聞きながら、メイドはゆっくりと腰を沈めていく。

ディアナの人差し指と中指で左右に広げられた大陰唇は限界まで膨らんだ亀頭に吸いつき、柔らかい大人の女性器はズブズブと勃起男根を飲み込んでいった。

「はぁン、熱くて硬ぁい……」

熱を帯びた柔肉に先端が包まれたかと思うと、一気に竿全体が膣肉の中へと埋まる。ヒダが多く柔らかい膣壁が肉棒をきゅっきゅと締めつけてきた。その感触だけで再び射精欲が込み上げ、思わず爆発しそうになったが股間に力を込めて耐える。

呆気に取られたままの年下の少年の男根を咥え込み、美女は愉悦に表情を恍惚とさせながら妖しく微笑んだ。

「はぁ、ンんっ……今すぐロウ様も気持ちよくして差し上げますね……」

大胆に押し開いた肉付きのよい両脚で全身を支えながら、今度は腰を浮かせて肉棒を吐き出していく。熱い膣圧から解放された蜜だらけの逸物が空気に触れてヒンヤリとした。

「あ、あっ、あぁ……うあぁ……」

亀頭の先が抜け落ちそうになる寸前で腰を止め、再びたっぷりとした尻肉が太股と密着するまでいきり勃つ肉棒を淫唇の奥へ飲み込む。その低速の動きにも彼女の爆乳は大胆に弾み、ピンク色の乳首が上下に踊った。

服の上からでも大きいとは思っていたが、生で見ると迫力が違う。圧巻のサイズだけではなく形も美しい大人の色香を漂わせる乳果実がゆっさゆっさと揺れた。いけないと思いつつも少年の視線は魅惑の乳房に吸い寄せられてしまう。

「はぁ、くふぅ……どうでしょうか？　私のアソコの具合は……？」

「ど、どうって、言われてもっ……」

心の準備をする間もなく童貞を卒業し、生まれて初めて味わう膣肉の感触に戸惑い、頭は混乱するばかりだった。それでも美女が腰を振るたびに口の中とは違う柔らかな締めつけがペニスを扱き、快感だけが確実に全身を駆け巡る。

大きく口を開き肉勃起を咥え込んだ二人の結合部からは透明な愛液が滴り、竿自体はもちろん少年の股間まで濡らしていた。

「気持ちよく、ンふっ……ありませんか？」

あまりにも少年の反応が薄いので、メイドは悲しげに眉を顰《ひそ》める。そして両手を頬に添えて上半身を密着させ、吐息がかかるほどに顔を近づけてきた。柔らかな乳肉が胸の間で押し潰され、その圧倒的な乳感に改めて驚かされる。

「そ、そんなことないですっ……」

予想外の展開の連続で思考がショートしてしまい、何も考えられなくなっていた少年は慌てて美女の言葉を否定した。

「でしたら、もっと気持ちよくなってくださいませ……」

「気持ちよくって、どうすれば……」

「ロウ様も腰を動かしてください……ほら、こうやって……」

無垢な少年を促しディアナは再び腰を上下に振り始める。少年も言われるがままに下半身をカクカクと動かしてみると腰が自然に律動を刻む。

「そう、そうです……その調子で、ンふっ……」

「ディアナさん、これっ……あ、あんまりもたないかも、ですっ……」

一度動き出した腰は膣肉を貪る味を覚え、勝手に速度を増していく。

「あらあら、ロウ様ったら可愛い顔をなされて……キスしてしまいますわ……」

「へっ……可愛いって、ちょ……ンン⁉ ちゅ、ちゅむぅ……」

湯気で湿った茶髪が頬に落ちてきたかと思うと、ぷっくりと膨らんだ唇が少年の口をふさいだ。ふわりと大人の女性の香りに包まれて心臓が高鳴り、キスすらしたこともなかったロウは驚きのあまりに目を白黒させている。

「はぁ、ちゅむ……ロウ様ぁ、ンっ……ぢゅる、ちゅぅぅ……」

肉棒を膣壁で扱きながら侍女は巧みに唇を動かし、とうとう舌先を口内に侵入させてきた。ディアナの舌が唇を舐め少年の舌まで搦め捕る。

そして唇同士を重ね合わせてちゅうちゅうと音を立てて吸いついてきた。

「んン、ぷはっ……待って、ちゅる、ンンっ……」

美女の接吻は呼吸すら許してくれないほどに激しい。唾液をたっぷりと絡めた舌が口内にねじ込まれ、舌や歯列を舐められる。

（く、口の中を舐められてるっ……）

生温かい舌が口の中で蠢きながら大量の唾液が流し込まれてきて、積極的な口淫に少年の思考は快感に染められていく。

本能がもっと気持ちよくなりたいと快感を欲していた。遠慮がちだった腰の動きがだんだんと力強くなり、ぎこちなかった男根の律動も跳ねる女体のリズムに合わせてリズミカルになってくる。

「はぁンっ！　そ、そうですっ、お上手ですよ、ロウ様ぁっ……ひゃンっ!!」

むっちりとした巨尻が細い腰とぶつかりあう。そのたびにディアナの身体が大きくバウンドし、眼前で大迫力の乳肉が揺れ踊った。さっきまではどこか余裕のあった表情をしていた美女も甘い吐息を漏らし始める。

「ディアナさんっ……はぁ、くぅ……おっぱい、触ってもいいですかっ……」

「は、はい……どうぞ、お好きなように……はぁ、いきなり、あぁンっ！」

完全に興奮しきっていたロウはメイドの答えを聞くや否やたっぷたっぷと弾む豊乳へと手を伸ばした。掌には収まりきらないサイズの乳肉を下から持ち上げるように手を重ねると、まるでマシュマロを掴んでいるかのように十本の指が沈んでいく。

むにゅ、むにゅぅぅっ……にゅむぅ……むにぃ～～。

「あ、あふ、そんなに強くされては、私も……あぁ、ンっ、きゃふうっ……」

初めて触れた女性の乳房は温かくて、とにかく柔らかく、その感触に少年は夢中になった。愛撫と呼べるような代物ではなかったが、童貞少年は本能のままに乳房を鷲掴みにして揉みしだく。

力任せに乳房を弄られた美女は乳揉みの刺激で艶かしく腰をくねらせ、大人びた美貌を羞恥で赤く染め甘い吐息を漏らした。

「あぁンっ、あ、はぁっ！　お、奥に響いてっ……気持ち、いいッですっ……」

テクニックも駆け引きも何もない、がむしゃらな腰振りを受けてメイドは少年の薄い胸板に掌を添えて必死にバランスを保っていた。

そしてアップにまとめた茶髪を振り乱し、激しく腰を振るって快感を貪っている。

「ディアナさんっ……も、もう出ちゃいそうですっ！」

きゅうっと締めつけてくる膣洞の中でペニスは激しく擦り上げられ、その動きは明らかにオーバーペースだった。それでも動き出した腰は止まらない。

ズッチャ、ズッチャ、ズチャズチャッ！

蜜で濡れた粘膜同士が大きな水音を響かせながら擦れて肉悦が全身へと滲み広がる。

(す、すごい……これがセックスなんだっ……)

初体験の感動と下半身から流れ込んでくる心地よさで少年の頭はいっぱいだった。もう気づいた時には限界まで射精欲は高まり、自制ではどうすることもできないうねりとなって股間を襲う。

「ンは、やはぁン……私もイきそうですっ……一緒に、一緒にイきましょうっ！」

母性的なメイドは牝の貌を覗かせ、甘ったるい吐息を漏らしながら少年の精を吸い取ろうと膣壁で勃起男根を強烈に締め上げる。淫らに乱れる美女の姿に視覚的にも刺激され、さらに射精衝動が高められてしまう。

「あぁっ！　我慢できないっ……出るっ、出るぅぅっ！」

「ロウ様っ、あひぃ！　激しいっ、ひぁぁぁンっ!!」

互いの絶頂を悟り室内の熱気で汗まみれになった身体を密着させ唇を重ね合わせる二人。絡み合う舌の間で唾液が行きかい唇の隙間から溢れた涎が口元を濡らした。

「あぁっ……気持ちいいですぅっ！　ひぃン、イクぅぅうぅぅ〜〜〜っ！」

先に悲鳴を上げたのは侍女の方だった。後先を考えない強烈な突きで膣肉を擦られ堪らず大振りのヒップが痙攣し始める。

（ダメっ、もうイクッ!!）

すぐに少年も限界に達した。絶頂を迎え激しく締めつける膣圧を食らい、男根の根元から熱いスペルマが駆け上がってくる。

「あぁッ!!　出ちゃう――――ッ!!」

ヒクつく腹筋に力を込めると、その反動で腰を突き上げていた。

どびゅうっ！　びゅびゅっ、どびゅるるっ！　びゅるるぅうぅぅうぅっ!!

「い、いっぱい出てますぅっ！　ロウ様の精液が、中にぃ……ンあぁっ!!」

華奢な少年の背中は弓反りになり、身体にしがみつく美女の膣奥へとペニスをねじ込んだ。

「と、止まらないっ！　止まらないよぉっ……」

情けない声を上げながらロウは膣内射精の快感に酔いしれている。メイドも初心な年下の少年の童貞を味わい、満足げに顔を愉悦に染めていた。

「す、すごいですっ……ンちゅ、ちゅう……ま、まだ出てます……」

胸に倒れ込んだディアナは荒い吐息を漏らしながら愛しげに少年の頭を抱き、唇を重ねキスをせがむ。

「はぁぁ……き、気持ちよかった……」

「ふふ……私もイってしまいました……」

射精が終わっても動けず心地よい気だるさに身を任せ、結合したまましばらく侍女と抱き合っていた。

「これでロウ様も立派な殿方でございます……これからレアイナ様共々よろしくお願いいたします……」

「……ほ、本当ですか……」

一瞬の間に終わってしまったような初体験は無我夢中になってしまい、結局メイドに身を任せっぱなしだった。

不安げな表情を浮かべる少年の顔を見たディアナは優しく微笑む。

「ええ、本当ですわ……。抱かれている間にロウ様の優しさがしっかりと伝わってきました。きっとレアイナ様もお認めになってくださると思いますよ」

「あ、ありがとうございます……」

「それから恥ずかしい話ですが、本気で感じてしまいました。ふふ……身も心もロウ様に惚れてしまいそうです」

胸に顔を埋めてくるディアナは愛しげに少年の身体を撫でながら手放しに褒めた。

厳しい修行と訓練ばかりであまり褒められたことのないロウは、嬉しさより恥ずかしさが勝り顔を真っ赤にしてしまう。

それでもメイドの柔らかな微笑みと身体のぬくもりは、慣れない生活への不安と護衛騎士というプレッシャーで戸惑い苦しむ少年の心を優しく癒した。

第二章　幼馴染みのご奉仕

護衛騎士としての生活が始まって数日。

少年は夜明けと同時に起床し、着替えを済ませて軽装の甲冑を装備する。

場所は城内でも一番美しいといわれる「孔雀の塔」。王女の私生活の場である塔の最上階にはレアイナの寝室の他にも書斎や娯楽室、大浴場、食堂、客間にメイド達の部屋など様々な部屋がある。

その中から客間の一つを寝室として与えられたロウは準備を整えると、すぐに主君の部屋へと向かった。廊下に出ると窓から四季折々の木々や花々が並ぶ大庭園が一望できる。

「おはようございます」

「お、おはよう……ございます……」

メイド達が新参者にも丁寧に挨拶をしていく。少年もまだ女だらけの空間に慣れず、ぎこちなくではあるが、すれ違うたびに挨拶を返した。

両親を早くに亡くし騎士を目指して一人で暮らしてきた今までと比べ、王城での生活はあまりにかけ離れすぎている。数日やそこらで慣れろというのが無理だが、順応していくしかなかった。

「まあ、ロウ様。おはようございます」

「あっ……」

レアイナの寝室の前に着き、気持ちを引き締め気合を入れようとした時だった。部屋のドアが開いて茶髪の美女が姿を現し、少年を見つけると丁寧に一礼をする。しかし初心な少年は初体験の相手をまともに見ることができず俯いてしまう。

「もうレアイナ様も出てこられますよ。今日も一日よろしくお願いしますね」

「は、はいっ！」

そんな少年の心内を知ってか知らずか優しい微笑みを見せるメイドのおかげで、心臓の鼓動は朝から高鳴りっぱなしだった。変に緊張して声が裏返ってしまう。

剣の修行に明け暮れていたおかげで恋愛経験もなく、女性に対する免疫もあまりない。そんな思春期の男子に初体験の相手を意識するなという方が難しい。

しかもディアナは包容力のある大人の美女である。その美貌を見るたびにあの浴場での官能がはっきりと脳裏に浮かんできて、思わず顔が緩みそうになってしまった。

（今は職務中なんだ！　変なこと考えちゃダメだっ……）

気持ちを引き締めなおした時、豪華な装飾の施された扉が開く。

数人のメイドを伴いレアイナが姿を見せる。十代とは思えないほどの優雅で気品に満ちた少女の圧倒的な存在感に少年は見とれてしまっていた。

「お、おはようございますっ、レアイナ様……本日もご機嫌麗しく……」

「……あら、おはよう。朝からご苦労ですわね」

黄金よりも艶やかに輝くブロンドヘアを片手ではらいながら、おじぎをする少年騎士をツリ目でチラッと一目見つめ、すぐにドレスの裾を翻して歩き出した。

「あっ、お供いたします」

ロウのような若輩者の護衛騎士などいらないと言っていた王女は、周りの説得にしぶしぶ納得したがやはり不満があるようだ。それでも真面目な少年の態度を認めたのか、最近はこうやって朝の公務へ向かう時に同行することを始め見回りなどをすることに文句を言わなくなっている。

（やっぱレアイナ様ってすごい美人だな……）

公務のために向かっている謁見の間はレアイナの部屋がある孔雀の塔から少し距離がある。真紅の絨毯が敷かれ高級そうな絵画や骨董品の並ぶ長い廊下を歩きながら、少年は主君の後ろ姿を見つめた。

国中から集められた美しい侍女達の中にいてもレアイナの美貌は群を抜いている。

「あ、お姉様方。おはようございます」

「おはよう、アン……」

廊下の角から侍女のカレンを伴い現れたのはミリアンヌ。王女とその一団にぺこりとおじぎをして挨拶をする。まだ幼さの残る顔立ちの中にも上品さと高貴があり、姉に負けず劣らずの美少女だ。

「あ〜、ロウさんだっ！　おはようございま〜すっ」

童顔のプリンセスはメイド達の陰になっていた少年を見つけると満面の笑みを浮かべ駆け寄った。突然に名前を呼ばれた本人はもちろん、周りの侍女達も驚き少年騎士の方へと一斉に振り返った。

「お、おはようございます……」

無邪気に笑う妹姫に頭を垂れながら少年の表情は引きつっている。

悪漢から国王を救う活躍を目の前で目撃した彼女は、どうやらロウのことをかなり気に入ってしまったようだ。

「わぁ、お姉様を守るナイトなんですね～。ロウさん、カッコいいです～」

「えっ……あ、その……ありがとうございます……」

大きな瞳をキラキラと輝かせながらミリアンヌは少年騎士を憧れの眼差しで見つめている。女性に免疫のないロウはこうやってストレートに好意を向けられると嬉しいのだが、恥ずかしい方が強かった。しかも相手は王国一の美少女と名高いお姫様なのだから、なおさら照れくさくて顔は真っ赤になっている。

「フンっ、こんな鼻の下を伸ばした男のどこがカッコいいのかしら？」

「いえ、そういうわけでは……っ……」

主君から冷ややかな視線を浴びせられた騎士は慌てて表情を引き締めた。

「えぇ～、だってロウさんは英雄さんですよ？　カッコいいじゃないですか～、そんな方に守ってもらえるお姉様が羨ましいです」

「そんなにいいものではないわ。四六時中見張られているみたいでいやですわ」

ミリアンヌがあまりにも少年を褒め続けるので、レアイナは納得いかないといった風にツンとそっぽを向いている。それに加えてカレンがミリアンヌとのやり取りを見つめながら、ジッと睨んでいるような気がした。

「じゃあ、お姉様がいらないって言うなら、ロウさんは私がもらっちゃおうかな♪」

「なっ！　えぇぇッ⁉」

「ア、アン⁉　あなた本気で言ってるのっ⁉」

突然の提案に驚きのあまり唖然とする一同。そのリアクションの大きさに妹姫は楽しそうに笑っている。

「アン様……いくらなんでも……」

「うふふ～、私は本気ですよ。ね、どうですかロウさん？」

今にも抱きつかんばかりの勢いで迫ってくる王女は期待を込めた瞳をうるうるとさせ上目遣いに見つめてきた。

「え、あっ……そう言われても……」

何と答えていいか分からずうろたえる少年とミリアンヌの間に割って入ったのは意外にもレアイナだった。

「おやめなさい、アン！　王女たる者がそんな男に媚びるような真似をするものではありませんわ」

「もう、お姉様ったらムキにならないでください。それじゃあ皆様、ごきげんよう」

悪戯っ子のように無邪気に笑うミリアンヌはちょんとスカートの裾を摘んでおじぎをすると、姉の鋭い視線を気にした様子もなく颯爽とストレートの金髪をなびかせ去っていった。

「あ、お待ちください、アン様～」

なぜか最後に一度だけ少年の方をチラッと見つめてからカレンもその後を追う。

「な、なんですの……まったく……」

暖簾《のれん》に腕押しといった感じで、肩透かしを食らったプリンセスは不機嫌そうに溜め息をつく。

「それからアナタも、わたくしの護衛騎士なら、あれくらいのことでうろたえたりしないで欲しいですわねッ！」

「は、はい……申し訳ございません……」

主君からの信頼を勝ち取るのは難しく、少年はガックリと肩を落とし集団の最後尾から続いた。その様子を見ながらもディアナだけは優しく微笑んでいる。

「あとは見回りをするだけか……」

パーティーに出席したレアイナを部屋まで送り届けた時には深夜を過ぎていた。

夕方からずっと雨が降っていて夜になると雨足はますます強くなり、雷まで鳴り始めている。そのせいでますます気分は憂鬱になりかけるが、気を取り直して深夜の見回りへと出かけた。

「さて、行くか……」

手に持った蝋燭の明かりだけが頼りの暗い廊下は、昼間の華やかな雰囲気とは一変して薄気味悪くてできるなら一人で歩き回りたくない。しかし騎士たる者が暗闇を恐がっているわけにもいかず、静寂の中に歩を進める。

（ディアナさんいないかな……）

一人になるとふとあの甘い記憶が脳裏を過《よぎ》る。あの時以来メイドとは肌を重ねていないが、官能的な体験と優しい彼女の存在が不慣れな城生活で疲れている心の支えになりつつあった。

それから頭に浮かぶのは末王女のミリアンヌの存在だ。彼女はどうやら少年のことを気に入ってしまったらしく、積極的に自分のナイトになって欲しいと迫ってくる。

「……はぁ……」

ロウも冷たくされるよりも、主君には頼られた方がそれは嬉しい。ただ忠誠心の強い少年騎士はどうしてもレアイナの信頼を勝ち取りたいという気持ちが強かった。

――ピカッ！

不意に窓の外に閃光が走る。そしてやや遅れて地面を割るような轟音が鳴り響いた。どうやら近くに雷が落ちたらしい。

「キャッ！」

間髪をいれずに再び稲妻が闇夜を切り裂いた時だった。ちょうど通りかかったレアイナの寝室から小さな悲鳴が聞こえた気がする。

「レアイナ様っ……大丈夫ですか⁉」

夜分とはいえ、事態は一刻を争うかもしれず少年は迷わず部屋の扉をノックした。

しかし返事は返ってこず、騎士は意を決してドアを開ける。数日前に似たような状況で大浴場に乱入してしまったことなど気にしている暇などない。

「失礼しますっ！」

目を凝らして真っ暗な室内を見渡すが、恐れていた悪漢の姿もなければ争ったような跡もなく一安心する。蝋燭の淡い明かりの奥にあるベッドの中が動いた。

「……誰ですの⁉　勝手に入ってくるなんて無礼ですわよ！」

「あっ……ロウです。悲鳴が聞こえましたので一大事かと思いまして……」

王女の表情はよく見えないが、声から相当不機嫌だということが伝わってくる。少年は慌ててベッドの側に膝をついて事態を報告した。

「悲鳴……あぁ、そ、それは……何でもありませんわ……」

「了解いたしました……」

寝室に乱入してしまいまた叱責を受けると覚悟していた少年に、意外な返事が返ってくる。しかしあの悲鳴が何でもないはずはない。

「ご苦労でしたわね、もう下がっていいですわ……」

レアイナが言葉を発した瞬間、再び雷が落ちた。

今度は閃光と轟音がほぼ同時。

「キャァァァ――――ッ‼」

王女は両手で耳をふさいで悲鳴を上げる。

「だ、大丈夫ですか……？」

あの勝気で気丈なレアイナが雷が苦手とは少々意外で少年は面食らってしまったが、恐る恐る声をかけた。

「ア、アナタ！　今、笑いましたわねッ⁉」

「え？　あっ、そ、そんな滅相もございません……」

プライドの高い王女は雷に驚いている姿を見られたのがよっぽど恥ずかしかったのか、顔を真っ赤にしてシーツで口元を隠しながらジッとうらめしそうに見つめてくる。

(うぁ……レアイナ様……か、可愛いっ……)

いつも凛としているレアイナの普通の女の子と何ら変わらない素顔を垣間見たような気がした。

「このことは、その……秘密ですわよ！　メイド達とか……お姉様方はもちろん、アンにも言ってはダメですからねっ‼」

羞恥で頬を染めたレアイナは必死に、雷が苦手なことを隠そうとする。

「もちろんです……ボクも小さい頃に一人で寝てる時とか雷が苦手でしたから……」

「で、ですから別に苦手というわけでは……それよりもアナタご両親いませんの？」

フォローのつもりだったが、王女は雪白の肌をさらに赤くして強がった。それを誤魔化そうとしたのか、レアイナはロウの身の上話に興味を示し話題を切り替える。

「はい、小さい頃に他界しました。それから騎士を目指してずっと一人暮らしで……」

「そうなんですの……一人で……」

王女が自分の昔の話を興味深そうに耳を傾けてくれるなんて意外な反応だった。嬉しそうに話す少年だったが、レアイナはハッとして何かに気づいたような表情になる。

「って、騎士が雷を恐がっていてはダメでしょう！」

「え、も、もちろん今は大丈夫ですよっ……」

「本当でしょうね？」

金髪王女に疑うような視線を向けられた少年は、こんなことで信用を失っては大変と慌てて両手を左右に振った。

「ほ、本当です！　今は雨でも雷でもへっちゃらですッ!!」

「ふふ、あはは……そうですわね、いくら何でも格好がつきませんものね……」

あまりにも必死なロウの姿がおもしろかったのか、何がツボだったのかは分からないがレアイナはふっと表情を崩して笑い出した。

「あ、あれ……」

何が何やら分からず呆然とする少年を他所に王女は手の甲で口元を押さえながら笑っている。しばらくして落ち着いたところで寝室を後にしたが、見回りに戻った後もレアイナのことが気になって仕方がなかった。

雷が苦手なことやあんなに無邪気な顔で笑ったりと様々な表情を見て、何だか少しだけ憧れの王女との距離が近づいた気がする。じわじわと込み上げてくる嬉しさを抑えつつ、ふと気づけば外の雨もやんでいた。

「はあ？　そんなこと私に聞いてどうするのよ？」

紅髪のメイドが不思議そうに首を傾げる。

翌日になるとレアイナは高飛車でワガママないつもの調子だったが、朝に目が合うと少し恥ずかしそうに視線を背け、すぐに部屋にこもってしまった。

仕方なく孔雀の塔の最上階を見回りしていると、ミリアンヌが部屋に来て欲しいそうだとカレンに伝えられた。

「いや、カレンなら何か知ってるかなと思って……」

「知ってるもなにも……レアイナ様がどんな人って言われても、今一番近くにいるのは自分でしょう？」

「だってボクには冷たいけど、でも何かたまに違うけど……ていうか会ったばかりだし、カレンの方がここで長く働いてるから……」

昨日の主君の意外な一面を見てしまったことで、自分がレアイナのことを何も知らないことに気づかされた。そこで城で仕える先輩のカレンに聞いてみたのだが、突然の質問だったせいで訝しげに見つめられてしまう。

「別に冷たいってわけじゃないわよ。レアイナ様はプライドが高いお方だから誰に対してもあんな感じだし……嫌われてはないと思うわ」

「そうなんだ……」

少しほっとしたように少年騎士は頷いた。

「ああいう風になっちゃったのはレアイナ様のお母様のことが原因かも……」

「えっ、どういうこと？」

驚いたロウが思わず聞き返すと少女はしまったという風に口を噤み、すぐに話題を変えてしまった。

「そ、それよりも何でアン様はロウのことあんなに気に入ってるのよ？」

広く長い廊下を歩きながら、メイドはおもしろくなさそうに口を尖らせている。

「ボクだってよく分からないよ……暗殺未遂の犯人を捕まえたところを見てたらしいんだけど……」

「ふーん、そうなんだ～」

なぜか意味深な表情を浮かべるカレンの顔を見つめるが、ロウにはその表情から考えを読み取ることなどできなかった。

しばらくして二人はミリアンヌの寝室の前で立ち止まる。

「あっ、ロウさん！　いらっしゃい～」

メイドと一緒に室内に入ると、金髪のプリンセスがその童顔に満面の笑みを浮かべて迎えてくれた。促されて王女と対面のソファに腰を下ろしながら、その無垢な笑顔につられて思わずつい口元が緩くなる。

「何か御用ですか、ミリアンヌ様？」

「もぉ～、アンって呼んでくださいって言ってるじゃないですか」

「し、失礼しました、アン様……」

「えへへ……そうそう、そうです」

りんごのようなほっぺを膨らませたり、満足そうに頷いたりと童顔王女は本当に表情豊かだった。失礼かもしれないが年下の少女らしく可愛らしいミリアンヌを見ていると自然と和やかな気分になる。

「何、ニヤニヤしてんのよっ……」

「えっ……いや、そういうわけじゃ……」

その姿を見たツインテールメイドが不機嫌そうに呟き、少年は慌てて顔を引き締めたが遅かった。カレンはプイっとそっぽを向いて隣の部屋に入っていってしまい、金髪王女は何かを思い出したようにポンと手を叩く。

「そうだ、ロウさん。あのこと考えてもらえましたか？」

「あのこと……ですか？」

何のことを言われているのか思いつかず、はてと首を傾げた。

「え～、忘れちゃったんですか？　アンのナイト様になって欲しいって頼んだじゃないですか～」

反応の鈍い少年の代わりに王女が得意そうに説明をする。確かにそんなことを言われたが、社交辞令みたいなものだと思い深く考えていなかった。

「とても光栄ですが、ボクはレアイナ様にお仕えしておりますので……」

「えー、ダメなんですか～？　お姉様は私が説得しますから～」

駄々をこねる子供のように王女は少年の隣へと移動してきて、手を取り上目遣いに訴える。手を握られた瞬間にドキッとしたが視線を逸らしつつ平静を装った。

「い、いや……そう言われましても……」

王国一、二を争う美少女に迫られて少年はたじたじになっている。上手い切り返し方が思いつかず焦っていると、紅髪のメイドが助け舟を出してくれた。

「アン様。護衛騎士でしたら、すぐに手配しますけど……あ、ロウはミルクと砂糖あった方がよかったわよね」

「うん、ありがとう」

カレンはテーブルの上に二人分のカップを置き、高級そうなティーポットから紅茶を注ぎながら会話に参加してくる。少女は手際よくケーキを小皿に切り分け、主人と少年の前に差し出しお茶の用意を終わらせた。

「他の人じゃイヤです～、ロウさんになってもらいたいんですー」

王女は侍女のさり気ない気遣いと仲良さげに二人が視線を交わすのを見逃さなかった。

「ねえ、どうしてもダメですか～？」

美少女は少年の関心を引こうと握っていた腕を抱き寄せて、さらに身体を密着させてくる。まだまだ発展途上の胸だが、かすかな柔らかさと温かさが伝わってきた。

さらには髪の毛の甘い香りが漂ってきて、ますます心臓の鼓動は大きくなり思考が正常に働かなくなってくる。

「絶対にロウさんに迷惑はかけないから、アンのナイトになってくださいっ」

思わずその誘惑に負けそうになりかけていると、不意に昨晩の雷に怯えていた主君の顔と一度だけ見せた無邪気な笑顔が思い浮かんでくる。しかもカレンやディアナに自分は高飛車プリンセスから嫌われてないのでは、と言われたことも思い出した。

「……あ、あのっ！　そうだ、アン様に聞きたいことがあるんですが……」

「はい、何ですか？」

苦し紛れに無理やり話題を変えたのに、王女はニコニコと笑顔を浮かべながら見つめ返してくる。

「レアイナ様のお母様のことについてなんですが……」

「ちょ、ちょっとロウっ……」

少年が切り出した話に反応したのはカレンだった。自分が先ほど口を滑らせてしまった内容を、あまり口外して欲しくなさそうに顔を顰めている。

「お姉様のお母様のことですか……？　アンや他のお姉様達のお母様とは違うし、もう亡くなってるのであまり知りません」

「そ、そうなんですか……」

どうやらレアイナだけ兄弟姉妹の中で母親が違うようで、その話題には触れてはいけない内容だと改めて悟った。しかも身分は違えど母親を亡くし、似た境遇だということを知って妙に親近感が湧いてくる。

「そんなことより、私のお願いは聞いてもらえないんですか……？」

少年の煮えきらない態度に、王女の声は悲しげにトーンが落ちる。

「あ、あのっ……アン様！」

「はい、決心してもらえましたかッ？」

パアッと表情を明るくするミリアンヌを真正面から見つめる。そして――。

「ボクはレアイナ様にお仕えしてますので、申し訳ありません！」

「えっ……ちょ、ちょっとロウさん⁉」

呆気に取られているミリアンヌの手からすり抜け、逃げるように寝室を後にする。忠誠心の厚い少年にはどうしてもレアイナを裏切るようなことはできなかった。

「ちょ、ちょっと……いったいどうなさったのですか？」

見回りを終えて部屋に戻るとドアがノックされた。こんな夜中に誰だろうと扉を開けるとそこにいたのは意外な人物だった。

「どうしたって、ロウさんにお願いを聞いてもらおうと思ったんです」

ミリアンヌは慌てる少年の制止も聞かずに部屋の中へと入ってくる。

「お願いといいますと……？」

一応聞き返してみたが、その内容には心当たりがあった。

「だからー、アンのナイトになって欲しいってお願いしてるじゃないですかー」

「……それは、お断りしたと思いますが……」

突然の出来事で乱れた心を落ち着けようとしても、王国を代表する美少女と二人きりというシチュエーションに動揺しっぱなしだった。

「どうしてダメなんですか？　アンのこと嫌いなんですか……？」

「そ、そういうわけではございませんっ！　ですから自分はレアイナ様にお仕えしておりますので……」

相変わらず模範解答しか口にしない少年の態度に、王女は不満げに童顔を赤らめ頬を膨らませる。

「私はロウさんが好きなんです！　私の方が絶対にお姉様よりもロウさんのことを大切に思っていますっ!!」

「……ア、アン様……」

ここまで積極的に好意をぶつけてくるミリアンヌの姿に、これ以上中途半端に断り続けるのは逆に失礼だと感じた。ロウはその場に跪き、王女を見つめる。

「アン様のお気持ちは本当に嬉しくて光栄です。でもボクはレアイナ様が……好き、いや、レアイナ様に憧れていまして……あのお方にお仕えしたいのですっ！」

少年の告白を聞いた王女は瞳を丸くして驚いていたが、やがてふっと残念そうな表情を浮かべ頷いた。

「そう、ですか……そこまで思ってもらえるなんて、お姉様が羨ましいです……」

不意にいつもの無邪気な笑顔とは違う、真摯で大人びた顔つきになるミリアンヌ。

（アン様……何だか凛としてて、上品だなぁ……）

「でも、ますますロウさんのこと好きになっちゃいましたっ！」

「え、アン様っ⁉　うわっ、あぁぁっ……」

いつの間にか普段の可愛らしい笑顔に戻ったプリンセスの背の低い身体がタックルをするかのように抱きついてくる。突然だったせいで衝撃を受け止めきれず、二人揃ってベッドへと倒れ込んでしまう。

「きゃっ……」

ギシギシとスプリングが軋み、腕の中には甘い香りとぬくもりがあった。女体と呼ぶには幼く細いミリアンヌの身体は信じられないくらい軽く、それでいてとても柔らかい。

「ふふふ～、ロウさん捕まえた～。わぁ、胸板厚いですね、さすが鍛えてるんですね」

「そ、それほどでも……」

そして無垢で純真な瞳と目が合う。腰元に抱きつき無邪気な笑みを向けてくる少女を抱き締めたいという欲求を抑えることができなくなっていた。騎士としての理性が吹き飛びそうになった時。

「……ねえ、ロウ……起きてる？」

コンコン――。不意にドアがノックされ予想もしていなかった音に、ベッドで絡み合う男女はハッとして振り返った。こんな時間にまた客人なんてやけに騒がしい夜だ。

「ど、どうしようカレンだぁ……部屋抜け出したのバレたら怒られちゃう～」

絶対に離すまいと抱きついていた王女は急に跳ね起き、悪戯の見つかった子供のように慌て始める。少年もまたドアの向こうからする聞き覚えのある声に焦っていた。

まさか一国の王女と深夜に二人きりなどというところを見られれば、どんな誤解を招くか想像しただけでも恐ろしい。下手すれば護衛騎士の任を解かれた上に罪人扱いされてしまうかもしれない。

「いないの……入るわよ？」

部屋の明かりが漏れているので居留守を使うわけにもいかず、ますます追い詰められるロウ。瞬時に冷静な判断を迫られ動転した少年は、とにかく王女を隠さなければという方向に思考が働いた。

「……アン様、こっちですっ」

「えっ、どうするんですか……？」

美少女の手を引き向かった先は大きなクローゼット。無礼も承知だが今はそんなことを言っている暇もなく、その中に王女を押し込んだ。

その瞬間にドアノブが回る音がする。

「ロウ……あら、いないの？」

とうとう侍女がドアを開けて覗き込んでくる。しかし室内に人影はなく、確かめるように見回しながら入ってきた。

「な、なんでロウさんも入ってるんですかー？」

なぜかカレンへの後ろめたさから逃げるように咄嗟に少年までクローゼットの中に隠れてしまった。大きめとは言え服を仕舞うための空間に二人も入るとさすがに狭い。

「しー、カレンにバレてしまいますっ……」

小柄な身体つきの騎士と王女は抱き合うように身体を密着させて息を殺した。何とか気づかれていないらしく侍女はトレードマークのツインテールを揺らしながらキョロキョロとしている。

最悪の事態は免れたが状況が好転したとは言いがたい。整った美少女の顔が吐息を感じるほど近くにあり、先ほど理性崩壊寸前まで追い詰められた幼い肢体が再び腕の中にある。

薄暗くてよく分からないが、膨らみかけの胸元の柔らかさがドレス越しに伝わってきて心臓の鼓動が跳ね上がった。刺激に反応した下半身にはすでに血液が集まり始め、股間が覚えたての欲情を欲して疼く。

「もうっ、何よ……せっかく人が誘惑してあげようと思って来たのにっ……」

（……えっ⁉　ゆ、誘惑？）

思いもよらぬ言葉が飛び出し、声が漏れそうになった。少年は両手で口をふさぎながらクローゼットの扉にある隙間から様子を窺う。

ツインテールメイドは部屋の主がいないせいで、つまらなそうにベッドに身を投げ出した。そして丈の短いスカートがめくれることも気にせず両脚をぶらぶらとさせている。

「カレンったら、何しに来たんですかねー？」

王女も侍女の行動を眺めつつ声のトーンを落として尋ねてきた。首筋に生温かい吐息がかかり、背筋が電流を流されたかのようにゾクッと震える。

「ボ、ボクにも分かりません……」

なぜ少女が自分の部屋に来たのか気になるが、先ほどから身体を押しつけてくるミリアンヌのことも意識してしまう。だんだんと硬くなってくる股間の逸物に気づかれないよう腰を引こうとするが、上手く王女と距離を取ることができない。

「何よぉ……せっかく再会できたと思ったら、アン様にデレデレばっかするし……それに思い切って部屋に来たのにいないし……」

カレンがブツブツと呟いているが何と言っているかまではよく聞こえないので、耳を扉に押しつけようとした時だった。

「きゃっ……ロウさんっ……⁉」

こんな狭い中で身を乗り出したせいでロリ王女とさらに密着してしまい、最悪なことに硬くなりかけている股間を押しつけてしまう。そのせいでドレスの裾から伸びる太股に逸物が擦れ、肉付きが薄いながら柔らかな感触と少女の体温が伝わってくる。

「も、申し訳ございませんっ！」

性欲の具現である勃起を王女に擦りつけるなど不敬の極みだ。しかしだからといって慌てて体勢を変えようとすれば、カレンに気づかれてしまうかもしれない。それはミリアンヌも同じ考えなのか、不思議な硬さと熱を脚で感じながらもじっと息を潜めたまま動かなかった。

王女に気を取られていると、今度はベッドの方から声が聞こえる。

「……ふぁ……ンぅ、んんっ……」

またカレンが独り言を言っているのかと思ったが、どうも様子がおかしい。吐息には熱がこもり、声は妙に艶めいている。少女の異変に気づいた少年はクローゼットの扉にある隙間から覗き込んでしまう。

（カレン、何してるんだっ……⁉）

紅髪のメイドはベッドの上にうつ伏せになり、枕に顔を埋めてモゾモゾとしている。

「あれ、カレンったらロウさんのベッドでオナニーしてますよ？」

「ぶっ！　ア、アン様っ……ゴホゴホッ……」

無垢でまだ性欲とは無縁そうな童顔王女の口から卑猥な単語が飛び出し、驚きのあまりに声が出てしまった。

「もぉ～、何してるんですかー？　カレンにバレちゃいますよー」

「す、すみません……」

ヒソヒソ声で謝ったものの、確かに侍女はメイド服の短いスカートの中に右手を忍ばせくぐもった声を漏らしている。部屋の主と王女に覗き見されているとは知らないメイドは仰向けになって両脚を左右に投げ出し、健康的な太股とその奥に隠れていたショーツを晒し行為が本格的になってきた。

「……はぁ、ンっ……こんなこと、しちゃダメなのに……」

左手は服の上から発育のいい乳房を抱きかかえるように掴み、こねるように揉みまわしている。豊かな膨らみが形を変えるたびに少女の口からは熱い吐息がこぼれた。

健康的な肌色だった頬は紅潮し声も呼吸も荒くなり、ショーツの股布を指で弄るたびにくちゅくちゅと淫質な水音が聞こえてくる。

「くふっ……ふぁっ、あぁン！　気持ち……んんっ、よく、なっちゃう……」

（カ、カレンがこんなことするなんて……）

自分の部屋で美少女が自慰に耽っているという痴態を目の前に、まるで夢でも見ているような気分だった。しかし目の前で繰り広げられる艶姿に股間は疼き、王女の身体に押しつけていた股間はさらに硬度を増してしまう。

「ロウさん……？」

王女は不思議そうに騎士の顔と股間を交互に見比べる。そして少年の興奮は当然のごとく密着しているミリアンヌに勃起をしていることで知られ、恥ずかしくて顔が燃えるように熱い。

「あぁっ……ロウの匂いがする……ふぅっ、あ、あぁン……」

額にはうっすらと汗を滲ませ、ますます喘ぎ声は大きくなる。股間からは蜜が溢れ、投げ出された太股の付け根まで濡らしていた。

ショーツの布地が水分を含みぴったりと秘肉に張りつき、そのいやらしい花弁を浮かび上がらせている。

「あんなに乱れるなんて……って、え!!　……ちょ、ちょっとアン様!?」

痛いくらいに勃起していた股間を突然そっと撫でられ、侍女のオナニーに視線を釘付けにされていた少年の意識が現実に引き戻された。

その刺激の正体は細く小さな指先。王女は少年の下半身をまじまじと眺めながら肉棒を撫で擦る。

「ロウさんのココ、とっても苦しそう……カレンを見て興奮しちゃったんですか？」

そう言いながら王女は何の躊躇《ためら》いもなくズボンに手を伸ばすと、下着ごと脱がせようとしてきた。

「ア、アン様っ……おやめくださいっ……」

慌てた少年はその手を握って制するが、きょとんとした表情で見つめ返されてしまい逆に焦る。大胆な行動に驚くが股間の逸物は相変わらずギンギンに勃起し、快感を求めてヒクついていた。

「えー、どうしてですか？　男の人のオチンチンが大きくなった時は、手で扱いたり口で舐めたりするって、メイド達が言ってましたよー」

「えぇっ⁉　それは……ち、違いますよッ‼」

（どんな話をしてるんだ、あの人達はっ……）

無邪気に微笑む童顔王女の言葉に軽く眩暈《めまい》を覚え少年は頭を抱えた。

偏った性知識もそうだが穢れを知らない無垢な少女と思っていたミリアンヌが恥ずかしがる様子もなく、そんな卑猥な単語を口にするなど想像すらできなかった。

「え、違うんですか？　でも苦しそうですし、外に出した方がよくないですか？」

王女は狭い密室の中で器用に手を動かし、ショックを受ける少年にお構いなくその下着をずり下ろして硬くいきり勃った逸物を露出させる。

「お、おやめくださっ……あぁっ！」

制止する声も弱々しくて何の効力もなかった。好奇心で宝石のような大粒の瞳を輝かせた少女の細い五指が熱くたぎる肉棒に絡みつく。

年下の異性に、しかも王国一の美少女プリンセスに股間を凝視され、羞恥のあまりに頭が変になってしまいそうだった。顔中が熱くてドッと額に汗が滲んでくる。

「あぁっ……んく、あふぅ……ひっ、あぁうっ！」

落ち着こうとしてもメイドの喘ぎ声はさらに激しさを増し、秘肉を弄る粘着音が室内に響き、どうしても性的興奮を抑えることができない。

「おっきくて、硬ぁい……」

しかも指先で亀頭を突っついていたミリアンヌは力強く勃起したペニスを握り締め、ゆっくりと扱き始める。拙い手つきだが敏感になっている肉棒から下半身へと甘い痺れが広がる。

「やめて、ください……アンさ、まっ……」

男根を握る細くスベスベとして温かい指に、先端から溢れた透明な我慢汁が滴り落ちてきた。王女は指に絡みつく粘着液に不思議そうに首を傾げたが、手コキをやめようとはしない。

「あれ？　ロウさん、もう射精しちゃったんですか～？」

「……うっ、これは……ち、違いますっ……」

それどころか滑りがよくなり手の動きが速くなる。こんな幼い王女に股間をむき出しにされ、ペニスを扱かれているというのに射精欲が一気に込み上げてきた。

「あぁっ！　ひ、くはぁっ……ロ、ロウっ……好きなのぉ!!」

快感が高まりあられもない声を上げるカレン。その悲鳴にも近い喘ぎ声に、少年の視線は激しく胸を揉みしだいているメイドに引き戻される。

（えっ……カレンがボクを……す、好きっ⁉）

ショーツの股布をずらし愛液でぐっしょりと濡れた淫裂を直接弄りながら、緩んだ口元からこぼれた想い。目は虚ろで汗ばんだ頬に真紅の髪が張りつき、色っぽい表情を浮かべながら絶頂寸前の身体を震わせていた。

その艶姿に劣情をかき立てられ、王女の手の中にある男根はギンギンに勃起し先汁を滴らせている。

「むー、カレンには負けませんっ……」

お気に入りの少年騎士の関心を引きたいミリアンヌは、ペニスに両手を添え力いっぱいに上下に扱き始めた。十本の指がきつく肉幹に絡みつき、強制的に官能を引きずり出されてしまう。

「ダ、ダメですっ……出てしまいますッ‼」

「こっち見てくれなきゃイヤですっ……だって、ロウさんのオチンチンこんなに硬くて熱くなって……気持ちいいんですよね？」

「で、ですから……それは、うぅっ……」

射精が近いことを感じ、搾り出すように訴える声も嫉妬で燃えるプリンセスの耳には届かない。それどころか幼馴染みの告白と股間に広がる肉悦のせいで性的な興奮はさらに高まり、腹筋がヒクヒクと痙攣する。

狭い密室内の温度は急上昇。王女の顔にも汗の粒が滲み、込み上げる射精欲に耐えながら荒い呼吸を繰り返した。

「はぅンっ……い、いやぁっ！　い、くぅっ……いっちゃうぅっ……」

ベッドのシーツにシミを作るほどメイドの股間からは蜜が溢れ、めくれ上がったスカートから投げ出された太股には朱が差し上気している。

（……っくぅ、カレンも……イきそうなんだ……）

快感の階段を上りつめていく少女とまるで感覚がシンクロしてしまったかのように少年の興奮も跳ね上がり、白く濁った我慢汁が王女の指を濡らした。

「どうしたんですか、ロウさん……もしかして、せーえきが出そうなんですか？」

切羽の詰まった声を上げる少年の様子から何かを悟ったのだろう。大きな瞳で上目遣いに見つめてきつつも、ペニスを扱く手を緩めようとはしない。

まだ少しぎこちないが、だんだんとコツを掴んできたのか十本の指を肉棒に絡ませ上下に擦る動きが速くなってくる。

「そ、それはっ……このままじゃ、うぐっ……」

そうしているうちにも限界はどんどんと近づいていた。しかしこのまま射精してしまったら敬愛する王家の末姫を精液で汚してしまう。それなのに身体は快感に身を任せ欲望の塊を吐き出してしまいたいという、背徳的な欲望に支配され始めていた。

「ひぃっ、あぁ……も、もう、ダメなのにっ、イ、イっちゃうぅぅっ……」

メイドの絶叫が室内に響き渡った。両脚をM字に開き背中を仰け反らせながら身体を痙攣させている。密かに想いを寄せていた幼馴染みの少年のベッドで、普段は活発な少女の顔を欲望に染めていた。

「うあっ！　アン様、よけてくださいっ！」

目を閉じても耳から脳を刺激する嬌声に妄想は加速する。そこに王女の手コキというリアルな快感も加わり、童貞少年の理性と我慢は崩壊してしまう。

「あぐっ……あ、あっ、あぁっ、あぁぁぁぁぁぁ～～～～ッ!!」

ロウとカレンの悲鳴が重なる。それを聞いても王女は何が起ころうとしているのか分からず、きょとんとした表情を浮かべたままだった。

びゅるるっ！　びゅる、ぶびゅびゅッ!!　びゅく、ぶびゅっ、びゅるぅぅぅッ!!

股間から怒涛の勢いで湧き上がるスペルマは、限界まで勃起した男根の先端からその童顔を目がけて一気に吐き出される。

「キャッ……な、何ですかこれぇ～～？」

待ちに待った射精の快感に全身が打ち震えた。

白濁液は幼い王女の顔面はもちろん長い金髪やドレスにまで飛び散り、ペニスを握り締めたままの手を汚していく。

あれだけ射精を煽っていたミリアンヌも、精液という単語は知っていても実物を見たことがなかったのだろう。身体中に降りかかるネバつく体液を不思議そうに眺めていた。

「ふぁぁぁ～～～……って、も、申し訳ございません、アン様！」

肉悦と程よい疲労感に浸っている暇などない。結局心地よい快感に身を委ねて、王女の全身を精液で汚してしまい、不敬極まりない罪を犯してしまった。

我に返ったロウは慌ててミリアンヌの顔を拭おうとするが――。

「だ、誰かいるのッ!?」

あれだけ大声を出していたのだ。いくらオナニーに夢中だった少女でも、異変には気づくだろう。カレンは乱れたスカートの裾を押さえ、真っ赤になった顔で声のした方を睨みつけてくる。

（ど、どうしようっ……カレンにバレてしまったっ……）

焦る少年とは反対に王女は隠れていたクローゼットの扉をバーンと開け放ち、外へと飛び出した。しかも髪や顔には精液の飛沫が付着したまま。そんな姿を侍女に見せるわけにもいかず慌ててズボンをはき直して、引きとめようとするが遅かった。

「ちょっとカレンもロウさんのことが好きって、どういうことなの～？」

「お、お待ちください！」

「えっ、えぇッ！　ア、アン様!?　それにロウまでっ……」

思いもよらぬ人物の登場に今度はメイドが慌てだした。

「ちょっと何ですかそれは……って、せ、精液じゃないですか!?」

不意に紅髪メイドと視線が合う。どう考えても王女の全身を白濁液で汚した犯人は一緒に隠れていたロウであることは明らかだ。

「アン様こっちを向いてください……」

メイドはハンカチを取り出して、王女の顔を拭いながらこちらをチラチラと見つめてくる。その頬はまだ赤く、少年を咎めるようなことはしなかった。

「そんなことはどうでもいいの。それよりもカレンもロウさんのことが好きなの？」

「あ、あれは……そのっ……」

そこにいたということは、さっきまでの痴態を見られていたことに加え、少年への想いも聞かれてしまったことに気づいた少女は羞恥のあまりに肩を震わせる。

もう一度少年の方を見つめるカレン。しかし目が合うと恥ずかしそうに視線を逸らしてしまった。

「カレン……」

何か話しかけようにも何と声をかけていいか分からない。おろおろとしていると少女は頬を赤く染めたまま叫ぶ。

「そ、そうよ！　小さい頃からロウのことがずっと好きだったの!!　せっかく再会できたと思ったのにロウったらアン様とばっかり……」

「……え、えっ!?　あ、あの……」

少女の想いは先ほどから知っていたが、こうやって面と向かって告白されると照れてしまう。

!?
ばー

「むー、やっぱりそうだったんだー。でも、アンだってロウさんのこと好きだもん」

そう言いながら王女は少年の前でしゃがみ込み、下着を脱がせようとする。

「アン様⁉　おやめくださいっ……助けてカレンっ！」

払いのけたりと乱暴な抵抗ができないのをいいことに、童顔少女によって再び下半身を露出させられてしまう。専属メイドの幼馴染みなら王女を制してくれるかと思い助けを求める。

「わ、私も、ご一緒していいですか……？」

「えへへ、いいですよ。カレンも一緒にロウさんを気持ちよくしてあげましょう」

しかしメイドはベッドから下りると、主君を諫めるどころか自らも少年の股間へと顔を寄せてきた。

「カレンまでっ………！　そ、そんなに見ないでっ……」

さっきまでの薄暗いクローゼットの中とは違い、明かりに照らされはっきりと二人の前に性器が晒される。半勃起状態のペニスを異性に凝視され恥ずかしさで眩暈がした。

「何で隠すんですか～？」

「そうよ、ちょっと手をどけてよ……」

少年に拒否権はなく、簡単に両手を払いのけられてしまう。恥ずかしい状況に反応してヒクつく男根を目の前に王女と侍女は息を呑む。

「明るいところで見ると、本当に不思議ですよねココ。でも今度はもっと気持ちよくしてあげますね～」

「あ、私だってっ……」

二人は身を乗り出して逸物に手を伸ばした。少女達の頬は林檎のように赤く染まりながらも、瞳はキラキラと輝いている。

「うぅっ……どうしてこんなことにっ……」

突然の展開についていけず、頭は混乱するばかりだった。カレンは王女に精液を浴びせたことを問い詰めるようなことはしないが、安心できる状況でもない。

「オチンチンを扱くと、とっても気持ちいいんですよね～？」

「アン様、こういう時は舐めてあげた方がいいみたいですよ」

なぜか王女とメイドは互いの性知識を自慢しあっている。先にカレンがツインテールを揺らしながら逸物に口を近づけた。そして射精したばかりで異臭を放つペニスの先端をぱっくりと咥え込んだのだ。

「え、カレン、何を……ひぁぁぁっ！」

亀頭の辺りが温かい吐息に包まれ、ぬるっとした口内の感触が股間を貫く。ザラつく舌肉が裏筋に絡みつきながら、竿の表面を唇がなぞっていった。侍女は抵抗がないのをいいことに、密かに想いを寄せていた少年のペニスを頬張り、王女に勝ち誇ったように自慢そうな視線を向けた。

「むー、アンだってロウさんを気持ちよくしてあげたいですっ……」

ぴちゅ、ちゅるっ……チロ、にゅりゅぅ――。

ミリアンヌもメイドに負けじと小さな舌をいっぱいに伸ばして、竿の根元の辺りを舐めてくる。二人の少女が股間に顔を埋め競い合うようにペニスに舌を這わせる。興奮は高まりすぐに男根は硬度を取り戻した。

「二人ともっ、待って……あぁっ……」

同時に二箇所から甘い刺激が肉棒をなぞり、そのたびに腰がビクビクと震え、立っているのもやっとなくらいだ。

「……ン、ちゅぱ……ねえ、ロウ……気持ちいいでしょ？」

「もぅ……アンだって舐めてあげてるのにぃ～」

侍女が潤んだ瞳で上目遣いに訴えてくる。その横では王女が小さな口で懸命に牡棒を咥えようとしていた。

ぢゅ、ちゅぷっ……ぢゅ、ぢゅっ、ちゅりゅるぅるっ……。

プリンセスとその専属メイド。雲の上にいるような存在だった美少女達の献身的な奉仕を受け、ムクムクと性欲が湧き上がる。言葉では二人を制止しようとしているが、身体は快感に翻弄されかけていた。

「……気持ちよい、けどっ……うぅ、あくっ……」

さっき射精したばかりだというのに若いペニスは雄々しく反り返り、亀頭のワレメからは牡臭い我慢汁が溢れてくる。

「ぴちゅ、ちゅ、ちゅむ……少し苦ぁい……」

「ン、ちゅる……フフ、アン様、まだまだですね……」

「……大丈夫だもん、ぢゅ、ちゅぅうぅうっ、ちゅチュパぁぁっ……」

それでも美少女たちはお構いなしに舌愛撫を続けた。二枚の生温かい舌肉が血管の浮かび上がるペニスの表面をニチュニチュと縦横無尽に這いずり、時々カリの周りや裏筋をかすめていく。

（ダメだ……また出ちゃいそうっ……）

ディアナの男の感じるポイントを的確に責めてくる愛撫も気持ちよかったが、少女達の奉仕は予想のつかない動きで不意打ちのように弱点を突いてくる。そのくせすぐに別の場所を舐めたりと、もどかしくて焦れったい快感に煽られた少年の理性はグラグラと揺らいだ。

「あぅっ……そんなに舐められたら、我慢できないっ……」

すでに限界まで勃起した肉棒は唾液まみれになり、蝋燭の光に照らし出され妖しく濡れ光っている。舌の粘膜とペニスが絡み合う水音が室内に響き、射精の欲望がじわじわと湧き上がってきた。

「……ちゅ、ンぅ……もうイきそうなの……？」

「また、せーえき出ちゃいます～？」

少年は腰を震わせながらコクコクと頷き、限界が近いことを訴える。

このまま快感に身を任せて射精してしまいたかった。しかし下半身に力を込めようとした時だった。

「ンぷぁ……ダメー、まだ出しちゃだめっ……」

侍女は痛いくらいに勃起した肉棒から口を離し、根元をギュッと握り締める。

「はひぃっ！　な、何でっ……」

射精ができると悦んでいたところ、不意に快感が去っていき絶頂寸前のペニスは放置されてしまう。もう少しでいけそうだったのにと、中途半端に高まった興奮は空回りしてもどかしさで下半身が疼く。

「えー、何でしゃせーさせてあげないの？」

「そ、そうだよ……」

自動的に奉仕を中断させられ、ミリアンヌは不満そうに口を尖らせる。少年も無意識のうちに少女達にフェラチオを再開して欲しいと視線で訴えていた。

「……射精するなら、私とエッチして射精してっ！」

「え、えええ～～～ッ!?」

突然の申し出に驚いたが、メイドの方はもう決心を固めているのか頬を赤らめながらもその瞳はしっかりと少年を見据えている。そしてメイド服の胸元をはだけ、ブラジャーまでずらして誘惑してきた。

「カレンったら、一人だけズルイですよー」

王女の非難にもお構いなくカレンは幼馴染みの少年に抱きつき熱い視線をぶつけた。温かな体温と柔らかい身体に、むにぃっと潰れる生おっぱいの感触に理性は崩壊寸前にまで追い詰められる。

「ねえ、ロウ、お願い……それとも、私のこと嫌い？」

「そ、そんなこと……」

小さい頃あまり存在感のなかったロウは人気者の美少女に憧れていた。思い出せばそれが初恋だったのかもしれない。

騎士を目指している時にレアイナと出会い憧れの対象は変わったが、その淡い恋心は再会した時からじわじわと胸の内によみがえってきていた。

「……カレンのこと嫌いなわけないじゃないか！」

「きゃッ！」

中途半端なところでフェラを中断された上に、大好きだった少女から誘惑され、普段は大人しい性格のロウも我慢の限界だった。勢いに任せて幼馴染みの両肩を掴みベッドへと押し倒してしまう。

しかしつい先日童貞を卒業したばかりで、いざセックスとなるとどうしていいか分からず固まっていた。

「あ、慌てないで……優しく、お願い……」

カレンは突然に仰向けに組み敷かれ驚いた様子だったが、少年騎士を落ち着かせながらゆっくりと両脚を広げる。短いスカートの裾から健康的な太股が露わになり、その魅惑的なポーズを目の前に思わず喉が鳴った。

「わぁ、カレンったら大胆～」

すっかり放置され気味で頬を膨らませていたプリンセスも、驚くほど侍女の姿は扇情的だった。

「いいの……カレン？　ボクと……その、エッチしても……」

何を今さらとも思ったが、どうしても不安になってしまう。そんな奥手な少年の気持ちを察してかメイドはさらに脚を開き、オナニーをしていたせいでぐっしょりと濡れ、淫肉の形まで透けていたショーツを横にずらし甘い声で囁く。

「だってロウのこと好きだもん……」

「うん……それじゃあ……」

少年は誘われるがままにカレンの下着へと手を伸ばした。肉感的な太股に触れながらショーツを引きずり下ろしていくと、髪の毛と同じ紅色の陰毛に彩られた秘肉が露わになる。

（カレンの……すごく、いやらしい……）

ピンク色の大淫唇はぴったりと閉じているが、肉ビラの間からは透明な蜜が溢れていた。少し甘酸っぱいような香りが漂い、少年の欲情をさらに加速させる。

「むぅー、アンだけ仲間外れみたいー」

自分が先に誘惑していたのに、すっかりメイドに少年を取られてしまった王女は不満げに頬を膨らませた。しかしロウの頭の中は幼い頃の憧れだった美少女とのセックスでいっぱいになっている。

「い、いくよ、カレン……」

フェラ奉仕で寸止めをくらい、ギンギンに勃起したままの逸物を幼馴染みの陰裂へとあてがった。

「うん……きて、ロウ……」

普段は活発なカレンの女の子らしい姿に引き寄せられるように腰を突き出していく。

ちゅく——。性器の粘膜同士が密着し濡れた音が響く。快感を渇望していた亀頭が淫唇に包まれて熱く潤んだ感触に下半身が蕩けそうになる。

「カレンっ、カレン……」

「あぁっ、入ってくるぅ……」

蜜で濡れた膣肉はズブズブと肉勃起を呑み込み、吸いつくように肉ビラが絡みついてきた。高まる興奮と性欲に突き動かされるままに腰を動かし、男根をねじ込んでいく。

「い、痛ぃッ……」

ちょうど亀頭が全て膣内に入った時、メイドが眉を顰めて小さな悲鳴を上げた。肉棒に絡みつく膣圧の強さに手間取っていたロウはハッと我に返る。

「え！　まさか……」

結合部に目をやると愛液で濡れていた淫唇の間から破瓜の証が滴り落ちていた。

柔らかい膣肉をかき分け挿入していた男根をみっちりと締めつけてくる感触に夢中になっていたが、侍女が処女だったということを知り少年の動きが止まる。

「わぁ……痛そう……大丈夫、カレン？」

興味本位で少年を誘惑していた王女もいざ目の前で処女喪失シーンを見て、両手で口を覆いながら瞳を大きく見開いていた。

「だ、大丈夫っ……だから、続けてぇ……」

心配させまいと思って微笑んでくれるがその目尻には涙が浮かび、強がっていることはすぐに分かった。それでも自分を求めてくれる少女の一途な想いに胸は熱くなる。

「う、うん、でも痛かったら言ってね……」

無言で頷く少女の膣内は挿入しているだけでも射精しそうなほど、強く締めつけ男根に絡みつく。その温かい柔肉の感触に耐えきれず、腰を使い始める。

「うっ、あぁっ……いいよ、好きに動いてぇ……」

始めはゆっくりと腰を前後に動かしていくが、すぐに二人の結合部からは大量の愛液が溢れてきた。それでいて処女の膣壁は強烈に肉棒に吸いつき、まるで精液を搾り取ろうとするかのように蠢く。

(すごいっ……カレンのおマ○コ気持ちよすぎるっ……)

初めて味わう同世代の膣肉はディアナの時より柔らかさは劣るものの、しゃぶりつくような密着感は格別だった。その心地よさを貪るように自然と腰の動きは速くなり、腰使いが荒々しくなる。

「ひぃあ！　あぁっ、んはぁ！　あぅ、は、激しいっ‼」

蜜でドロドロになった膣肉に勃起した逸物を突き立てるたびに、少女の細い身体が大きく波打つ。甲高い嬌声に色めいた吐息を孕ませながら、ギュッとベッドのシーツを握り締めた。

「カレンだけいいなぁ……」

メイドとのセックスに夢中になっていると、横から腕を引っ張られる。

「アンだってロウさんとエッチしたいもんっ……」

「はぁ、あっ……えっ！　ンンっ‼」

幼い美貌を嫉妬に染めた王女の顔が迫ってきた。小さな上半身をいっぱいに伸ばして唇を押しつけてくる。不意の出来事だったためすんなりと王女との接吻を受け止め、自然とその華奢な身体を抱き寄せた。

それを咎めることもなくミリアンヌの腕はロウの首に回り、さらに強くお互いの唇を押しつけ吸いあう。

そして根元まで膣肉に埋没した逸物を引き抜き、再び亀頭が子宮口に突き当たるほど激しく腰を振った。

「あ、ひぁ！　激しいっ！　ロウ、もっと……もっと突いてぇ！」

ズッちゃ、ヂュッ、ちゅヂュ、ズッチャ！

男根にしゃぶりつく肉壁を押し広げながら膣奥を貫くと、大量の蜜液が溢れ二人の股間だけでなくシーツまで濡らした。破瓜の痛みから身体を強張らせていたカレンもいつしか一突きごとに腰をうねらせ、甘い声で快感を訴えている。

「うっ、あっ……カレンも……き、気持ちいいっ⁉」

メイド服の上からでも分かるほどの美巨乳を大胆に揺らしながら喘いでいる幼馴染みの姿に、自分が感じさせているんだという実感が湧き上がり嬉しくなる。思わずそのたわわに実った乳房を鷲掴みにしていた。

むにゅ、むにゅっ、むにぃぃ、にゅむぅぅぅぅぅ――――。

「や、やぁっ……そんなに強く揉んじゃダメぇ……」

綺麗なお椀型のおっぱいはグニグニと両手の中で形を変える。ゴムマリのような弾力ある揉み心地と、肌理《きめ》細かい乳肌は掌に吸いつくようになめらかで若さ溢れる瑞々しい肌触りに心が踊った。

「ン、ちゅぷ……もっとぉ～、キスしてください……」

ミリアンヌは何とか少年の気を引こうと首に腕を巻きつけて、小柄な身体を精一杯密着させてくる。そして激しい接吻は自然と舌を絡ませあうディープキスへと変化し、プリンセスの甘い唾液とぬめる舌を無心で貪った。

（二人とも可愛いし……気持ちいいっ！）

脳が蕩けてしまいそうな口性交の官能に刺激され、処女肉をえぐる逸物はさらに硬度を増していきり勃つ。力強く刻まれる腰の律動のせいで男根と膣壁の摩擦は激しさを極め、快感と共に射精欲が湧き上がってくる。

しかしこのままでは自分とメイドだけで果ててしまう。荒ぶる性欲に思考を支配されながら、懸命に唇を重ねてくる王女の存在が気になった。

（アン様も……アン様も気持ちよくしてあげたいっ……）

幼く愛らしい顔立ちを色情に染め、すっかり快感に蕩けた瞳が上目遣いがロウの本能を射貫く。片手をドレスのスカートの奥へと忍ばせ、無遠慮に下着の股布を指で搦め捕り横にずらした。

「アン様、失礼します――」

「きゃうン！　ロ、ロウさん……はぅ、あぅンっ……」

一瞬だけ驚きの表情を見せたが唇をキスでふさぎ、驚くほど蜜で濡れた秘所を指で弄ると甘ったるい声を漏らしている。

「も、もうダメっ！　はぁン、あぁっ……気持ちよすぎておかしくなっちゃうっ！」

ギンギンに張り詰めた怒張にむしゃぶりつく淫唇の間から白く濁った愛液が溢れて、二人の股間を汚した。そして完全に包皮を剥け上がらせるほど大きくなった肉芽が、侍女の感じっぷりを物語っている。

「チュ、ちゅぱっ……どう、ですか……気持ちいいですかっ？」

「あぁン……ロウさんの手ぇ、エッチですぅ……」

王女の恥丘は無毛でつるつるだった。一本の筋のような淫裂は蜜を滴らせ、指先に吸いつき締めつけてくる。皮膚をふやかすほど熱い膣肉に少し指を入れただけで、ミリアンヌの身体は大きく仰け反った。

「きゃひぃ！　あっ、な、何でこんなにぃ……あひンっ！」

積極的に迫ってきていたが、やはり幼い身体は性的な刺激には弱く、ぷにぷにとしたワレメをなぞるという愛撫にも王女は甲高い悲鳴を上げる。その可愛らしい痴態が少年の興奮をいっそうかき立てた。

（もうイきそうっ！）

強烈な締めつけの中を何度も肉勃起が貫き、パンパンに膨らんだ亀頭を子宮口にぶつける。必死に射精を堪えているが、もう腰は勝手に動き出し自制できない。

「あ、あうっ、あぁンっ！　ロウ……もう、ひぃあ、あぁぁぁっ！」

痛々しく押し広げられた処女肉を男根で突かれるたびに侍女の健康的な肢体は弾け、瑞々しい巨乳が大胆に揺れ踊った。ベッドの白いシーツの上にばらまいた髪の真紅がよく栄え、大胆に広げられた両脚がピストンの反動で跳ねる。

「だ、だめだっ……もうイクっ！」

「いいっ、あぁっ……どうして、こんな……あひぃンっ！」

股間から全身へと伝わる快楽を貪るように我を忘れて腰を振るった。下半身の動きにつられて童顔王女の秘芽を弄る手つきも乱暴になる。

「きゃぅ！　ア、アンも変な気持ちになっちゃいますぅ～～っ！」

腕の中でプリンセスが黄金の長髪を振り乱し小さな身体を痙攣させ始める。甲高い嬌声を上げる唇に吸いつき、絶頂寸前のペニスがビクビクと脈動した。

「ひぃあっ、いやっ、このまま、あぁひぃっ！　も、もうっ、きゃはン‼」

柔らかい膣肉が収縮しさらに激しく男根を締め上げ、尿道の奥まで湧き上がってきている精液を搾り取らんばかりに蠢く。

「はぅぅ～、アン、イッ、イっちゃいますぅ～～ッ‼」

ぷしゃぁぁ――ッ！　敏感なクリトリスをこれでもかと擦られた王女の膣口から、潮が噴出し、掌から手首まで濡らした。

「……ちゅぐ、ぷはっ！　もうイクっ、出るっ……あ、あっ、イクッ‼」

処女肉を引き裂かんばかりに張り詰めたペニスが膣壁に蕩けてしまうような錯覚を感じた瞬間だった。おびただしい量の精液が一気に尿道を駆け上がる。

びゅびゅ――っ！　どびゅ、びゅるる！　どぷびゅ、びゅぶ、びゅるるぅぅッ‼

「ひあぁっ……あひぃ、ひぃンっ……中で、出てるぅっ‼」

「きゃぅぅ！　アン、おもらししちゃいますぅ～～！」

王女と侍女。絶頂に達した二人は甘い喘ぎ声を奏で、頬を淫悦に染め虚ろな瞳で少年を見つめた。

（き、気持ちいいっ……）

射精快楽に少年の腰は震えみっちりと肉棒にしゃぶりつく膣内を瞬く間に満たし、逆流した白濁液が結合部から溢れてくる。一方、クリトリス愛撫だけで達してしまったロリ王女は汗でびっしょりと濡れてドレスの張りついた身体を必死に擦りつけていた。

「はぁ、あぁン……あふぅ、出しすぎよ……」

「……ひぁぁ、あっ……もう、アン立てません……ですぅ……」

三人はしばし絶頂の余韻に浸りながら、乱れた呼吸を整えようと熱い吐息が室内にこもっていた。

射精も終わりぐったりと腰をベッドに落とすと、逸物が膣肉から引きずり出される。痛々しく広げられた処女淫唇は口を開いたままヒクつき、どろりと精液がこぼれ落ちてきた。その中に混じるピンク色の体液を見て、幼馴染みが処女だったことを改めて実感する。

そして何とも言えない心地よさと優越感に浸っていた。

「もう、カレンったら！　私がロウさんにエッチしようと思ってたのに……」

情交を終えて一息つき衣服やシーツの乱れを直し終わった時。プリンセスは不満げにぷうっと頬を膨らませ可愛らしく両手を腰に当てている。

「い、いえ……アン様とロウは身分が違うんですから、結ばれるわけにはいきません」

少年とのセックスのことを言われると、メイドは顔を真っ赤にして話題を変えようとしていた。

「あの、カレン……」

「え、あぁ！　あれは忘れて！　ていうか忘れなさい‼」

目が合うと少女はおもしろいくらいに露骨に目を逸らしうろたえている。

（カレンとエッチしたんだ……）

憧れだった少女と身体を重ねた実感がじわじわと湧いてきた。しかも少女はずっと自分に想いを寄せてくれていたのだから、こんな嬉しいことはない。

それなのに不意に脳裏にはレアイナの顔が浮かび、どこか手放しに喜べず複雑な気持ちだった。

「むー！　アンだけのけ者みたいーっ！」

まだ納得のいかない様子の王女をなだめて侍女と一緒に帰っていった時にはすっかりと夜は更けていた。

第三章　一途な妹姫

「あの……ロウ様、もしよかったら少し手伝っていただいてもよろしいですか……？」

レアイナは王国一と称されるヴァイオリン奏者の先生のレッスンを受けるため、朝から音楽室にこもっている。その入口で立っていると、廊下にあるサロンを掃除しているメイドから声をかけられた。

「いいですよ、何をしたらいいですか？」

「本当ですか？　ありがとうございます、それではこのソファを運んでください」

笑顔で答えると侍女達はパッと表情を明るくする。彼女達は重そうなテーブルやソファをなかなか動かせずに困っていたようだ。城で働くメイド達の中に徐々にではあるが馴染み始め、こうやって力仕事を頼まれることも最近は増えてきた。

王女を警護しなければならないが、そんなに音楽室の前から離れるわけでもないので異常があればすぐに分かるし問題ないだろう。

それから少年は、しばらく掃除を手伝い豪華な家具を移動させ、掃除が終わったら元に戻していった。力仕事をロウに任せ侍女達はテキパキと仕事を片付けていく。

「もう終わりですか？」

「ええ、これで最後です。本当にありがとうございました」

「助かりました、お疲れ様です」

「ロウ様って、とってもお優しいんですね」

あっという間にサロンは綺麗になり、メイド達はお礼を言いながら頭を下げる。

「そんな、大したことじゃないですよ……」

特別なことをしたつもりはないが、口々に褒めてくれるので何だか恥ずかしかった。

「ロウ様みたいな素敵なお方に守ってもらえて、レアイナ様が羨ましいです」

「なのにレアイナ様ったら、いっつも素っ気無いわよね～」

「そうそう。それでもロウ様はマジメで、偉いですね」

三人のメイドは本人が目の前にいることも忘れ、ロウの話題で盛り上がりだした。ロウは次々に話題が変わる女子特有のテンポの速い会話にまったくついていけない。

「あの……ボクは職務に戻りますので、また困ったことがあったら言ってください」

いつ話に入っていいのか分からず、やっと声をかけると、少女達は再び頭を下げておじぎをする。

「はい、ありがとうございました」

「ロウ様、お仕事が終った後もしお暇でしたら一緒にお茶でもいかがですか？」

「あ、ずるい！　一人だけ抜け駆けしようとしてる！」

「こういうのは早い者勝ちでしょ？」

我先にと詰め寄ってくる侍女達をなだめつつ、じりじりと後退するがすぐに壁にぶつかってしまう。王国内から選ばれた彼女達は、当然のようにかなりの美貌の持ち主だ。そんな美少女達から誘われるのは嬉しいが、女性にあまり免疫のない少年は、つい身構えてしまう。

「深夜まで見回りがありますので、また今度にでも……」

遠回しにやんわりと断ろうとしていると、背後から声をかけられた。

「ちょっとロウ、何してるの？」

「……え、これはその……」

聞き覚えのある声に反応して振り返ると、そこにはトレードマークのツインテールを揺らしながらやってきた幼馴染み。両手を腰に当ててメイドに取り囲まれる少年を訝しげに見つめる。

「ミーナ、仕事は終ったの？　サボってたらディアナさんに怒られるわよ」

「へへ～ん、もう終わっちゃったわよ！」

「ロウ様が手伝ってくださったんです」

カレンが注意すると、メイド達は得意げに胸を張った。

「は？　そんなことしなくてもいいのに……本当にお人好しなんだから……」

「いや、別にそんなに大したことはしてないよ」

誇り高き騎士が侍女の手伝いをするなんて聞いたことがない。幼馴染みは相変わらず誰にでも優しい少年の性格にやれやれと肩を竦めた。

「ていうかカレン、何でロウ様のこと呼び捨てなの？　知り合い？」

「まさか付き合ってたり⁉」

「そ、そういうわけじゃないけど……」

急に二人の関係を尋ねられ元気娘は顔を赤らめながら言葉を濁したが、チラチラとこちらに意味深な視線を向けてくる。こういう時は男の口から言ってよと、心の声が聞こえてくるような気がした。

「えっとカレンとは幼馴染みで……」

彼女から告白されセックスもしておきながら卑怯だとは思ったが、今はそう答えるしかなかった。やはり少女はムッと顔を顰めたが変に騒ぎを大きくしたら、またメイド達の間で変な噂が広がるのかもしれない。

「ということは、まだ私にもチャンスあるよね？」

「えー、それはどうかな～」

「コ、コラ！　くだらないこと言ってないで次の仕事に移りなさいよ！」

同僚が顔を真っ赤にして怒るので、メイド達はしぶしぶながら少年を解放する。手まで振りながら去っていく少女達にどう反応すればいいか分からず、照れ笑いを浮かべるしかなかった。

「もう、デレデレしちゃって！」

「そ、そういうわけじゃないよ……」

必死になだめようとするが、少女もフンと鼻を鳴らして去っていってしまった。

快くメイドの仕事を手伝っているうちに、余所者《よそ》で唯一の男と警戒していた侍女達もロウのマジメで優しい性格を知り、積極的に声をかけてくれるようになってきた。

カレンはにわかファンなんかに負けまいと、ちょっとした人気者になってしまった幼馴染みの少年に暇さえあれば話しかけてくる。

「ずいぶんと楽しそうですわね」

「えっ……は、はい……」

ティータイム中のプリンセスは、ドレスの裾から伸びる白く長い美脚を見せびらかすように投げ出し、ソファに腰掛け少年をジッと見つめる。

「最近、メイド達がよくアナタのことを話していますわね。誰か気に入った娘でもいたのかしら？」

「そ、そういうわけではないんですが……」

侍女達の間で広まる少年騎士の噂は王女の耳にも入っているらしい。

「そのお話気になりますわ。ロウ様は誰をお気に召したのでしょうか？」

「ディアナさんまで……ですから、違いますって……」

「ふふ……残念。私ではなかったんですね」

「えぇ!?　そ、それはえっと……」

紅茶のお代わりを運んできたメイド長が冗談ぽく笑う。からかわれているとは分かっていても、ディアナのような美人相手ではドキドキしてしまう。

「そんなに慌てるということは怪しいですわね」

「あら、レアイナ様もロウ様が誰のことが好きか気になりますか？」

しどろもどろになっているロウをジト目で見つめていた王女は、ディアナの指摘に顔を真っ赤にしながら慌てだした。

「そ、そんなわけありませんわ！　別にわたくしには関係ありませんものっ……」

「そうですか。失礼いたしました」

レアイナは無意味に髪をかき上げながら、プイッとそっぽを向いてしまう。しかしその頬は赤く、恥ずかしさを紛らわすようにすました顔をしている。

「え、えっと……あの……」

好きな人は目の前にいるレアイナ様です、などと本当のことを言えるわけもなく、何となく二人を眺めていると不意にプリンセスと目が合ってしまう。しかし王女はすぐにツンと視線を逸らしてしまった。

「……余計な話はいいから、仕事に集中しなさい！」

「は、はいっ！」

なぜ王女が急に取り乱したのかロウはよく分からなかったが、メイド長だけは微笑ましげに二人を見つめていた。

「ふぁぁ～～」

蝋燭の明かりだけの薄暗い廊下を一人で歩きながら少年はアクビを噛み殺した。騎士たる者いかなる時も気を抜くべからず。という心構えは分かっているが、さすがに一秒も休むことなく気を張り続けることは難しい。

（あっと、今は見回りに集中しないとっ……）

意識が完全に違う方向へと行きかけていたので、気を引き締めなおして辺りを見渡し異常がないかを確認する。もう深夜を過ぎているため廊下は静まり返り、自分の足音以外何も聞こえない。

「うん……？」

暗闇の中に明かりが漏れている扉があった。その部屋の主である王国のアイドル的存在であるプリンセスにペニスを扱かれ、さらには欲望の塊である白濁液を顔にぶちまけてしまったことを思い出し冷や汗が出る。

とんでもない不敬を犯したとロウは自らを責めるが、ミリアンヌは相変わらず会うたびに身体をすり寄せ、あの日の続きをねだってくるほどだ。

（アン様とエッチな……い、いや、何をバカなことを考えているんだ！）

王女が何かと誘惑を仕掛けてくるせいで、つい浮かんできた妄想を振り払おうとした時だった。

「あ、ロウさんだ～！　やっと来てくれたんですね～」

不意に扉が開き、妹姫が満面の笑みを浮かべて顔を覗かせる。

「いえ、別にここに来たというわけでは……」

「細かいことはいいですから、いいですから～」

ミリアンヌは細い手で少年の腕を掴むと部屋の中へと招き入れようとした。

「アン様、まだ見回りの途中ですので……」

「ダメ～。この前はカレンに邪魔されちゃったから、今日はお部屋でロウさんが来るのをずっと待ってたんですよ」

屈託のない笑顔を戸惑う少年騎士に向け、ぐいぐいと手を引っ張ってくる。まだ未熟な少女の腕力などたかが知れているが、乱暴に振りほどくわけにもいかない。

「そう申されましても……」

「むぅ……そんなにアンのこと嫌いですかぁ？」

煮えきらないロウの態度に王女は一転して、涙を瞳に浮かべてじっと何かを訴えるように見つめてくる。その悲痛な顔は普段の明るい王女とはあまりに対照的で、無垢な笑顔を奪ってしまったという良心の呵責に耐えきれず慌てて首を縦に振った。

「わ、分かりました少しだけ……少しだけお話にお付き合いしますので……」

「本当ですか～？　エへへ、ロウさん大好きぃ～」

パアッと無邪気で愛らしい表情を取り戻し、少年は思わず安堵の溜め息をつく。やはりミリアンヌの笑みは周りの者の心を温かくする。

（ちょっと話すだけだし、アン様を泣かせるわけにはいかないもんね……）

つい先ほどしっかりと職務を果たそうと気合を入れたばかりなのに、結局王女の言いなりになっていた。しかしこれほど頼まれては断れないし、先日のことをきちんと謝らなければと自分に言い訳する。

「早く中に入ってくださ……あっ……」

「え……？」

嬉しそうに姉のナイトを部屋に引き入れようとした時、王女はまるで子供が母親に悪戯を見つかったかのように表情を顰めた。ロウもその視線の先を追って振り返ると、メイド長が両手を腰に当てて呆れたように少女を見つめている。

「アン様……こんな夜中に何をなさっているんですか？」

「ぶぅ、ディアナに見つかっちゃった……」

ミリアンヌはつまらなそうに口を尖らせているが、少年は気が気ではなかった。彼女の目にはまるで王女と密会をしようとしていたように見えるだろう。

ましてや先日のカレンを含めた一件のことまで知られた日には、本当にこの城にいられなくなってしまうかもしれない。

「あ、あのですね……これは……」

オロオロとしながら言い訳を考えるが、この状況をどう説明すればこの難を切り抜けられるかまったく分からない。

「まあまあ、困りましたね……とりあえず中でお話を聞かせてください」

侍女頭が促すと王女はドレスの裾をヒラヒラとさせながら寝室へと戻り、うな垂れた少年も後に続いた。最後に茶髪の美女が室内へと歩を進め、後ろ手で鍵をかける。

「さて、お二人は何をされていたのですか？」

「えっと、その……」

厳しく咎めるのではなく、優しく問いかけるディアナ。相変わらず口を意味もなく開閉させるが上手く言葉は出てこない。

「だから、アンはロウさんと二人っきりになりたかったんですー」

腕を組み、ふてくされたように頬を膨らませる王女。拗ねた顔も可愛らしくてリンゴのようなほっぺたをつい突っつきたくなるが、今はそんな場合ではなかった。

「それならこんな夜中ではなくてもいいのではないですか？」

「だってー、誰にも邪魔されないために仕方なかったんです」

「あら、何を邪魔されないようにしてたんですか？」

メイド長の質問に王女は無邪気に微笑みながら堂々と宣言する。

「ロウさんとのエッチ」

「まあ……」

ピシッ――――。と空気の凍りつくような音が聞こえた気がした。

美人メイドは驚きで目を丸くしてミリアンヌを見つめる。

「……どういうことなんですか、アン様？」

おっとりとした口調だが有無を言わさない迫力を語気から感じた。ロウも当事者なのになぜか口出しできない雰囲気を感じ、オロオロするばかりだ。

「だから、この前はカレンだけロウさんにエッチしてもらったから、今日はアンがしてもらおうと思ったの」

（ア、アン様ったら、普通にしゃべっちゃったよっ……）

何気に幼馴染みとの関係までバラされ、もう涙目になっている少年の隣で王女は堂々と先日の行為について自慢げに語る。

「あら、ロウさんったらカレンともセックスをしたんですか？」

「えっ……いや、それは……」

ディアナの視線が今度は少年へと向けられた。しかし声のトーンは落ち、非難されているような空気を感じて、思わず口ごもってしまう。それでもミリアンヌに不敬を働いたということに怒っているわけではないようなので、最悪の展開は今のところ免れているようだ。

「まあ、ロウ様。セックスがしたかったのならば、私にいつでも言ってくださったらよかったのに……」

「へっ……!?　えぇぇっ……むぐっ！」

どうやら部下に嫉妬した侍女頭が近づいてきて、思いっきり抱き締められた。突然の行動に思考がついていけず、頭の中は混乱するばかりだった。

しかもメイド服の胸元を大きく膨らませる爆乳が押しつけられ、甘い香りと温かい体温に包まれる。ぷるぷるのプリンに顔を埋めているような感覚に心拍数は一気に跳ね上がった。

「あの日、ロウ様と初めてセックスをした時からずっとお待ちしていましたのに……」

（えっ、ディアナさんがボクを待ってたッ⁉）

切なげな声で囁きながらもメイドは優しく頭を撫でてくれる。柔らかく温かな胸の膨らみに抱かれ、その心地よさに理性はふにゃふにゃと蕩けてしまう。

「えー！　ディアナもロウさんとエッチしちゃったの⁉」

今度はミリアンヌが驚きの声を上げて詰め寄ってくる。立て続けに隠しておきたかった秘め事をしゃべられ、少年は半ば放心状態だった。

「ねえ、ロウさん……アンのこと嫌いですか～？」

「そういうわけではありませんが……」

金髪王女はお気に入りの騎士の手を取ると、グイグイ引っ張りながら上目遣いに訴えてくる。その言い方をされると何も言えなくなってしまう。ある意味、最強の殺し文句に少年は口ごもるしかなかった。

「アン様、ダメですよ。ロウ様を困らせては……」

「ぶぅ……困らせてないですっ！」

「しかしアン様は我が王国の王位継承権を持つ王女様です。そんなお方にいきなり迫られても、ロウ様も尻込みしてしまいますよ」

子を諭す母親のようにディアナは優しくプリンセスに話しかける。メイド長の言うことはもっともで、王女の婚前交渉など言語道断だ。いずれどこかの国の王子と結婚するであろうプリンセスの処女を奪うなんて、恐れ多くてできるはずもない。

頭では分かっているとは言え少年の身体は、ミリアンヌの少々強引で積極的な誘惑に負けかけているがそれでも一線を越えることには抵抗がある。

「それならアンはロウさんと結婚する！　これで問題ないでしょ？」

「…………………へっ？」

絶句――。その言葉の意味を理解できずロウは石のように固まっていた。

しかし当の王女はよいことを思いついたと手を叩き、嬉しそうにメイド長と未来の夫に指名した少年を見つめる。

「アン様……それはいくら何でも無理です……」

「えー！　何でダメなの⁉」

あまりに突飛な提案をディアナが即却下してくれたおかげで心底ホッとした。しかし王女の方は納得いかないらしく、小さな口を尖らせている。

「残念ではございますが、勝手に結婚相手を決めるのは難しいかと……」

「そんな～、ディアナのケチッ……」

ストレートな好意を向けてくれるミリアンヌには申し訳ないが、このままメイド長が説得してくれれば過激な誘惑もなくなるかもしれない。ふわふわのおっぱいの感触を顔面で堪能しながら、自分を抱き締める女性に期待を寄せた。

「じゃ、じゃあ……お尻でセックス……するなら、いいでしょ？」

珍しく少し躊躇いがちにミリアンヌが口にした言葉の意味を少年もメイド長も即座に理解できず唖然としている。

「えっと、その、アン様……ンンっ⁉」

とんでもない提案に抗議の声を上げようとするが、王女の顔が迫ってきて小さな唇が少年の口をふさぐ。ディアナに抱かれ布越しに弾力のある柔らかい感触を感じながら、ミリアンヌと接吻をしている状況にロウの頭はますます混乱してしまう。

「アン様っ！　突然そのようなことをなされてはっ……」

普段は優しくおっとりとしたメイドが珍しく大きな声を出したので、少年は驚いてその顔を見つめた。しかも美女はさり気なく胸をぎゅっと押しつけ、王女から引き離すかのように抱き締めてくる。

「ちゅ、むちゅ……あぁ、もっとロウさんとキスしたいのにっ……」

お気に入りの少年との接吻を中断され、王女は頬を膨らませた。簡単に少年への想いを諦めきれないミリアンヌは爪先立ちで背伸びをしながら、キスの続きをしようと顔を近づけてくる。

「ダメですわよ、アン様。ロウ様だって困っています」

もっともなことを言いつつディアナはさらに強く胸を押しつけ、王女の積極的な行動を阻もうとしている。その姿はまるでお菓子を取り合う姉妹のようだったが、顔面乳埋めをされて振り回されているロウはそれどころではなかった。

「むぐっ……ふ、二人とも、落ち着いてくださいぃ……」

侍女は王女に基本的には絶対服従だが、今回は簡単に頷けるようなことではない。

「もう、ディアナったらイジワルばっかり!」

しかしついに王女は少年ごと年上のメイドをベッドに押し倒した。

「きゃっ！」

「う、うわっ⁉」

そしてミリアンヌはシーツの上に仰向けに倒れているディアナの上によじのぼる。あまりの大胆な行動にメイドも少年騎士も呆気に取られていた。

「ほら、ロウさん、早く……アンとエッチしてください……そのお尻の方だったら処女のままですから……」

王女は少し照れながらお尻を揺らして少年を誘惑する。

「そんなことはダメですよ、アン様‼」

当然のように侍女は待ったをかけるが、王女を払いのけるわけにもいかず小さな身体の下でもがいていた。

（そ、それはアン様とエッチしたくないわけじゃないけど……）

「うわっ……ディアナのおっぱい大きい……それに柔らかいね……」

ロウが絡み合う美女と美少女を目の前にどうしたものかと悩んでいると、不意にメイドの乳房に触れた王女が驚きの声を上げる。視線を少年から大きな胸の膨らみへと移し、オモチャを見つけた子供のように、小さな掌をいっぱいに広げてメイドの爆乳を揉み始める。

「カレンも大きいなぁって思ってたけど、ディアナの方がもっと大きい……」

「アン様ったら、そんなに乱暴に扱っては……あぁンっ……」

突然に胸を揉まれた美女の口からは、熱っぽい喘ぎ声が漏れた。

「すご～い、どうしたらこんなに大きくなるの？」

「ア、アン様っ……ンふっ、今は……はぅン……」

ミリアンヌは少年を誘惑することも忘れメイドの乳房を揉みまわしている。衣服の上からたっぷりとしたサイズを誇るおっぱいがムニムニとおもしろいように形を変え、その柔らかさをアピールするかのように揺れ踊った。

（あ、あぁ……二人ともエロすぎるよ……）

絡み合う美女達から視線を外すことができない。王女は無自覚だったが、少年の身体の奥からは色濃い性欲が湧き上がり、股間に血流が集まり始める。

「ねえ、お尻ならロウさんとエッチしてもいいでしょ？　それにディアナだってロウさんとセックスしたいんでしょ？」

「はぁン、そ、それは……んんっ……そうですが……」

ディアナは必死に乳責めを耐えているが、ニーソックスに包まれ肉感的なラインを強調された両脚はだんだんと左右に広がってくる。

「う、あっ……」

スカートがめくれるようにワザと膝を曲げてM字に開かれるムチムチとした太股。布地はスススッと美女の脚の上を流れ、ついにショーツに包まれた女陰が姿を見せる。

股布にあるかすかに色の濃くなった部分が見えるほど、ロウは吸い寄せられるように二人に近づいていた。

「ロウさん、アンのショーツも見たいですか……？」

少年がメイドの股間を見つめていることに気づいた王女は自らドレスの裾をめくり上げ、細かな刺繍の施されたショーツに包まれた小ぶりな尻肉を晒した。

真っ白な尻肌とまだ未成熟な細い太股と、自分がどれだけ男心をくすぐる行為をしているかイマイチ分かっていない童顔王女の無垢な笑顔。

「……本当に、いいんですか……？」

質問をしながらもすでに少年の身体は、磁石に引き寄せられたかのようにベッドへと吸い寄せられる。白いシーツの上で絡み合う、タイプは違えどどちらも極上な女体の誘惑に最後の理性も吹き飛んでしまう。

「ね、いいよね、ディアナ？」

「……仕方ありませんね……特別ですよ……」

乳責めで呼吸を乱しているメイドはついに首を縦に振った。

「やった！　ロウさん、早く早く～」

本能の赴くままに牝の香りに性欲はかき立てられ、すでに股間の逸物は硬く隆起し始めている。ベッドに膝をのせるとスプリングの軋む音がした。

（い、いいのかな……でももう我慢できない……）

しかし高鳴る心臓の鼓動が雑音を全てかき消してしまう。ついにあと少し手を伸ばせば王国一の美少女プリンセスと、豊麗な美人メイドの肢体に触れることができる。

「まずは私の中に入れてくださいませ……」

期待に満ちた視線を浴びたディアナは両脚をさらに開いて挿入を求めてきた。

「えー！　アンの中に入れてくれるんじゃなかったんですか⁉」

「ふふ……いきなりお尻の穴に挿入するのは難しいんです。まずはロウさんのペニスを私の愛液でたっぷり濡らさないといけません……」

抗議をする王女を諭してからメイドが目で合図をした。

来てくださいませ――――、と。

生唾を飲み込むと、カラカラになっていた喉が鳴る。興奮で逸る心を抑えつつ、ズボンを脱ぎ捨て硬く勃起した逸物を取り出した。

「行きますよ、ディアナさん……」

淫らに広がった両脚の間に身体を滑り込ませ、いきり勃つ肉棒の先端を湿った薄布へと押しつける。

ヌチャ、ヌル、ズニュゥゥゥッ――――。

邪魔な股布を指で横にずらし、現れた濡れた肉ビラはぱっくりと口を開き牡棒を待ち侘びているようだった。大淫唇の間に亀頭が触れた瞬間に粘膜の擦れ合う淫卑な水音が鳴り、甘酸っぱい香りが脳を刺激する。

「ンはぁっ……ロウ様が、入ってきますっ……」

無遠慮に腰を突き立てると、美女が背中を大きく仰け反らせて喘いだ。柔らかく温かい膣肉は肉棒をトロトロに溶かしてしまいそうなほど気持ちよく絡みついてくる。

「あぁ、いいなぁ……ディアナだけ……」

蜜の溢れる膣内に男根を打ち込まれた挿入感による肉悦で頬を緩める侍女の貌を見つめ、王女は羨ましそうに声を漏らした。

「待っていてください、アン様……」

反り返る肉棒を大量の愛液で濡れた肉壁の中へとねじ込みながら、むき出しになっている小ぶりな尻丘を両手で撫でる。すべすべとした尻肌は、まるでシルクのようになめらかな肌触りだった。

「きゃっ！　何だかくすぐったぁい……」

切なげに腰を揺らすミリアンヌの尻肉を捕まえ、肉棒はディアナの膣内へとズブズブと埋めていく。大きく膨らんだ亀頭がザラつく肉壁をかき分け子宮口へと達し、ついに根元まで大淫唇が咥え込んだ。

「……あふぅ、ンっ……奥まで入っていますっ……」

普段のおっとりとした母性的な優しい声ではなく、明らかに色めき熱のこもった声で快感を訴えるディアナ。艶かしい吐息が牡の本能を刺激し、欲情の昂りを助長する。

(うっ……すごい締めつけ……)

精を吸い取ろうとしゃぶりつく熱く濡れた膣ヒダの中から、一旦逸物を引きずり出していく。敏感なカリ裏が強烈に柔らかく温かい膣肉と擦れ、ロウは思わず低い呻き声を漏らしていた。

「う、動きますよ、ディアナさんっ……」

じっとしているだけでは物足りず、猛る欲望はどんどんと大きくなる。

「はい、ロウ様の好きなように動いてくださいっ……」

「いいなぁ……ディアナだけ……」

メイドの言葉を聞くと同時に少年は腰を振るい始めた。このまま力任せに逸物を膣に突き立て、射精してしまいたいという気持ちをグッと堪えて浅い位置での軽いピストンを意識する。

「もう少しお待ちください、アン様っ……く、うっ……」

男根は膣から大量に溢れてくる蜜液ですでにビショ濡れ状態になっていたが、密集した肉の壁が絡みついてきて離そうとしない。ゆっくりと粘膜同士が擦れるだけでも腰が蕩けるような快感に身体は夢中になり、簡単には腰の動きを止められなかった。

「あっ、あぁ、ロウ様っ……そんなに突かれては、感じすぎてしまいますっ……」

王女のために肉棒を濡らすだけなどと言っていたが、メイドは本格的に膣を貫かれる快感に酔い始めている。

「すごい……気持ちよさそう……」

母性的でおっとりした侍女頭が部屋中に響くような大声で喘ぎ、甘ったるい吐息を漏らしていた。淫悦に染まり牝の貌を露わにした、普段とあまりにギャップのある姿にミリアンヌは驚きを隠せないようだ。

(こ、このままじゃ出ちゃうっ……)

膣肉の感触が名残惜しくて軽く突き入れただけなのに、たっぷりと精液を搾り取ろうと生温かいヒダが吸いついてくる。何とか腰の律動を抑え快感をセーブしながら、射精を堪えた。

「ロウさん、アンにもっ……アンにもしてくださいっ……」

メイドの痴態を目の当たりにした王女は頬をほんのりと上気させながらも、自らスカートをめくり肉つきの薄い尻たぶを露出させる。

細部まで刺繍の入った大人びたショーツをはいているが、細い太股といいまだ未成熟な下半身だった。

「は、はぁっ……アン様っ……」

思わぬ行動に膣肉の感触一色に染まっていた思考に、別の牝の存在感が増してくる。

「早くアンのお尻にっ……」

自分を挟んでセックスの快感を貪る男女の放つ淫らな空気に包まれ、王女はさらに大胆な行動に出る。羞恥で言葉は詰まらせたが、股布を指でずらして少年騎士の前に秘所を晒した。

（うっ……）

ディアナとはまったく違う処女の淫裂は一本の筋のようにぴたりと口を閉じ、無毛のぷっくりとした恥丘まで愛液で濡れている。その上でセピア色をした菊花のような窄まりが物欲しそうにヒクついていた。

「はぁン、ンふ……アン様ったら……」

「これがアン様の……おマ○コ……」

思わず喉が鳴る。吸い寄せられるように突き出された尻肉に手を伸ばした。

「きゃっ！　ロ、ロウさんっ……!?」

興奮で気が昂ぶっているせいで、尻肌を撫でる手にも自然と力が入ってしまう。いきなり尻たぶを掴まれ、王女は華奢な身体をビクッと震わせた。

「……本当にいいんですか？　アン様……」

「もちろんですっ……遠慮なんてしないでくださいっ……」

初めてのアナルセックス。ましてや処女のミリアンヌは不安でいっぱいのはずだ。それなのに笑顔を絶やさず、健気に尻丘を揺らして挿入を待っている姿に欲情が抑えきれなくなってくる。

「じゃあ、今度はアン様に……」

射精しそうになっていた逸物を蜜壺からズルズルと引き抜いていく。

「んはぁぁ……ひぃ、あぁっ……抜けてしまいます、あふっ……」

少し挿入しただけでメイドの息は大きく乱れて、頬は赤く上気している。

「くぅっ……締めつけすぎですよ、ディアナさん……」

大淫唇のワレメから引きずり出され肉壁の圧迫感から解放された男根の表面は、大量の愛液にまみれヌラヌラと妖しく輝いていた。これくらいでは物足りぬと言わんばかりに何本もの血管を浮かび上がらせ、天井に向かっていきり勃っている。

「それでは、アン様……いきますよっ……」

「やっとアンの番なんですね……」

少し緊張気味の声だがしっかりと頷く王女。

皺の目まで薄い小さなアナルに愛液をたっぷりと絡めた亀頭の先を近づける。呼吸に合わせて開閉を繰り返す、その菊穴にゆっくりと男根を埋めていく。

「ひぃあっ！　く、苦しいっ……あっ、きゃひぃぃぃ……」

ずりゅ、じゅぶっ……じゅるる、ずぶずぶぅぅぅうぅぅ――。

膣とはまったく異なる括約筋の強烈な抵抗を受け、先端が激しく締めつけられる。

「うっ、ぐぅっ……きつすぎますっ……」

しかし一番太いカリの部分が肛門を通り抜けると、あとはズルズルと肉槍全体が直腸の中へと滑り込んでいった。

「あぁ……ひぐっ、お、お尻がぁ、いっぱいですぅっ……」

いきなり男根で小さなアナルを貫かれた衝撃に尻肌は強張り、悲鳴を上げるミリアンヌの瞳には大粒の涙が滲んでいる。それでも念願の少年とのセックスを妨げないようにと、顔をメイドの胸に押し当てて痛みに耐えていた。

「大丈夫ですか、アン様……？」

「痛かったら無理をしないでください……」

メイドも騎士も悲痛な表情を浮かべ全身を震わせているプリンセスの身体を気遣うが、当の本人は懸命に笑顔を見せながら声を絞り出す。

「……だ、だいじょうぶ……ですから、ンはっ！　つ、続けてください……」

相当痛く辛いはずなのに、それでも行為を続けるように求めるミリアンヌの一途な想いに興奮を覚えた。彼女をもっと自分のものにしたいという牡としての征服欲までかき立てられる。

「それでは、少し動きますので……」

「はぁっ、あぐっ……はいっ、ロウさんの好きに動いてくださいっ……」

根元まで突き刺さっているペニスを引きずり出していくが、挿入する時よりもさらに締めつけをキツく感じる。

――じゅぷぷぅ、ずぷっ……ずりゅ、ぢゅにゅぅぅ……ずぷぷっ！

大きく膨らんだカリが腸壁に引っかかり、敏感な部分が強く擦れるせいで男根は王女の腸内でピクピクと震えた。

「ひぃあっ！　き、きついっ……ですぅ、あ、あぐぅっ……」

狭い腸内をなるべくほぐそうと、浅い位置でピストンを始めるが、あまりに腸壁の圧力が強くゆっくり抜き差しするだけでも一苦労だった。

「ロウ様……私も……私にも挿入《い》れてくださいませっ……」

淫悦の渇きに耐えられなくなったのか切なげな声を漏らすディアナ。アップにまとめた髪は乱れ、熱のこもった視線で見つめてくる美女の淫らな貌にさらに興奮をかき立てられる。

「じゃあ、今度はディアナさんにっ……」

「ひぃあぁぁぁっ……めくれちゃうっ、お尻がめくれちゃいますぅっ……」

「あぁっ……熱い、ンはぁっ……あふぅ、気持ちいいです、ロウ様っ……」

先汁と腸液で濡れた男根の矛先を美女の蜜壺へと押し当てる。誘われるがままに腰を突き出すと、すでに愛蜜で潤んでいる秘裂はズブズブと難なく肉棒を呑み込んでいく。

ズチャ、ズリュリュ……ズズッ、ズッチャズッチャ――！

待ち構えていた柔らかい肉壁が、侵入してきたペニスをしゃぶりつくすように優しく締めつける。直腸のつるつるとした壁とは違う膣粘膜の幾重にもなった淫ヒダの感触に堪えていた射精感が再び湧き上がってきた。

「……ボ、ボクもっ、気持ちいいですっ……」

精を搾り取ろうと蠢く膣肉をもっと味わいたくて、自然と腰の動きも激しくなる。肉棒を突き出すたびにメイドの身体は波打ち、焦点のぼやけた瞳で天井を見つめながら喘ぎ声を上げた。

「ひぁっ！　あ、ンひぃ……あぁっ……か、感じすぎてしまいますっ！」

甘い吐息を漏らすディアナの上で、王女も必死にお尻を揺らしてアピールする。

「ロウさん……私にも、もっとしてくださいっ……」

「くぅ……順番に挿入れますから、待ってくださいね……」

ピストンを中断して再びミリアンヌのアナルへと亀頭を押し込む。今度は先ほどよりもスムーズに逸物は腸内へと埋まっていく。それでも相変わらずキツいアヌスに、限界まで勃起した肉棒を根元まで一気にねじ込んだ。

「ひぎっ！　ふ、深いっ……お尻がぁ、うくっ……あひぃぃぃ！」

うねる小ぶりな尻肉を両手で捕まえて固定し、大きく腰を前後にグラインドさせる。

股間の陰毛が王女の尻肌にぶつかり乾いた音が響くたびに、腰まで伸びたブロンドの金髪が跳ね踊った。

「あぁっ……もう出そうですっ！」

メイドの膣とお姫様のアナルを交互に突き犯しまくるその快感で腰がビクビクと震え、股間の奥から湧き上がる射精欲はどんどん大きくなっていた。

「あぁっ……ロウ様、はぅン……私の中に、好きなだけ出してくださいませ！」

「アンも、何だか変な気持ちぃ……お尻が痺れちゃいますぅ～」

特に王女にはなるべく乱暴にならないようにと気をつけていたが、もう腰の動きは止まらなくなっていた。

「次はっ……ディアナさんにっ！」

王国を代表する美女と美少女が自ら股を開き、いきり勃つペニスの挿入を待ち侘びている。女を犯す悦びに少年の心は優越感で酔いしれた。

「はぁぁンっ！　もっと突いてくださいませ、ロウ様ぁ……」

勢いよく男根を膣にをねじ込まれたディアナの乳房はユサユサと形を変えながら揺れ、うっとりと瞳を潤ませて快感を訴えている。

「アン様も気持ちいいですかっ⁉」

快感の波を冷まさないために、間髪いれずに王女のアナルへと愛液まみれの怒張を押し込む。だんだんと腸壁もほぐれてきたようで、初めの頃に比べればスムーズに亀頭が窄まりの中心へと呑み込まれた。

「はひぃっ……ア、アンも気持ちいいですぅ……」

初めてのアナルセックスということもあるが、処女のミリアンヌも汗ばみドレスの張りついた背中を仰け反らせながら甘い声を漏らした。

（うっ……もう我慢できないっ……）

敏感になっているカリの部分や裏筋にもキツく腸粘膜は絡みついてくる。それだけでも気持ちいいのに、尻肌に指が食い込むほど強く少女のヒップを掴み腰を動かしているせいで平らな粘膜と逸物が激しく擦れた。

「か、感じちゃうっ、イっちゃいますぅ～～ッ！」

「私にも、もっと……ロウ様のペニスを……ひゃうンっ!!」

牝の鳴き声に煽られた興奮で射精欲はますます強まる。欲望の塊はもうすぐそこまで押し上がってきていた。下半身が蕩けてしまいそうな膣圧と強烈な摩擦で快感を高める直腸粘膜を交互に味わい、汗で蒸れた香りが全身を包む。

「――――も、もうッ、出るっ！」

少年が切羽の詰まった声を上げると、美女達も甘い視線を向けながら喘いだ。

「ンひぃ、は、はいぃぃ……ア、アンのぉ……お尻に、きゃうっ、好きなだけ出してくださいっ!!」

「私も……イってしまいますっ……ロウ様の逞しいペニスで突かれて……んはぁ、ンっ、もうダメ、あぁひぃあぁぁぁっ!!」

額に汗を滲ませたディアナの膣はビクビクと痙攣を始める。慌てて王女のアナルへと亀頭をねじ込むが、さらに強く射精を促すように締めつけられた。

「うぅっ！　もうイクッ、イクぅっ！　出るぅぅぅぅ～～～～ッ‼」

膣肉と腸粘膜で扱き立てられたペニスはもう限界だった。

視界が白く霞み、尿道の奥から駆け上がってくる白い欲望の濁流を止めることはできなかった。限界を感じ反射的に腰を王女の美尻へと叩きつける。大きく膨れた亀頭が腸壁を拡張し、荒々しく処女のアヌスをえぐった。

ドビュッ！　ビュルルッ、ビュブブゥゥ！　ドビュドビュビュウゥゥ……ッ‼

「きゃふぅぅンっ！　熱いのが、お尻の中に入ってきちゃいますぅぅ～～～」

長い金髪をうねらせ王女の背中が大きく仰け反る。しかし射精を待ち侘びていたのはミリアンヌだけではない。絶頂快楽で脳が痺れる中、少年は必死に射精中の逸物を尻穴から引き抜き、ヒクつくメイドの膣肉へと押し込んだ。

「あぁ、ひぃぃぃンっ！　ロウ様の精液が、いっぱいに……あ、はぁぁン‼」

美女の肉壁をかき分けながら肉棒は射精を続け、ドロドロの精液を子宮口に叩きつける。熱い粘液を膣いっぱいに注ぎ込まれたメイドは悲鳴のような嬌声を上げて全身を震わせた。

「気持ちよすぎて……と、止まらない……」

ぽっかりと口を開いたお姫様のアナルからは逆流した精液が垂れ落ち、侍女頭の膣内を満たした白濁液が結合部から溢れてくる。

「はぅぅ……頭がボーっとしちゃって、気持ちいいですぅ……」

「たっぷり出ましたね……お腹がとっても熱いですわ……」

美女達はうっとりと絶頂の余韻に浸っている。

「あぁっ……」

何かにとりつかれたように猛然と腰を振るっていた少年も、全身を襲う射精後の脱力感で不意に腰が砕けた。へなへなとベッドへ座り込んでしまう。

「ア、アン様っ……大丈夫ですか⁉」

性欲も収まり我に返ったロウは慌ててお姫様の顔を覗き込んだ。誘われたとは言え王女のお尻をあれだけ乱暴に突きまくったのだ。大丈夫なはずがないことは分かっていたが、ミリアンヌは涙で瞳を潤ませながらも笑顔を見せる。

「……はい、大丈夫ですぅ……まだ、ロウさんが中に入ってるような気がします……」

念願の少年とのセックスを体験して、満足そうに微笑むプリンセス。しかし処女の尻穴は痛々しく広がり、ペニスを引き抜いてしばらく経つのにまだ完全に閉じきっていなかった。

「ふふ……アン様、よかったですね……」

王女を抱き締めながら膣出し絶頂の快感に酔っていたディアナも、普段の優しい表情に戻っている。

「最初は痛かったけど……でも、気持ちよかったですっ……」

「私も、まだロウ様に抱いて欲しいですわ……」

自分のことを本当に求めてくれる二人の満足そうな顔を見ていると、何とも言えない幸せな気持ちになってきた。

「ロウさん……よかったら、またアンとセックスしてください……」

「あら、私もロウ様ともっとエッチしたいですわ……」

期待に満ちた瞳で見つめられると、頷くことしかできなかった。


「はぁ……ボク、こんなんでいいんだろうか……」

レアイナは夕食中のため食堂の入口に立ちながら軽く溜め息をついた。城で働きだしてから数週間が経ち、歩哨姿もだんだんと板についてきて、レアイナとの距離も縮まってきているような気がする。

真面目な少年は王女に忠誠を誓ったのに、妹姫やメイド達と関係を持ったことがどうしても気になっていた。

「すみません、ロウ様……」

「あ、はいっ……？」

不意にドアが開き中から声をかけられた。少年を呼んだディアナはなぜか少し困った表情を浮かべている。何事かと思い食堂の中に入るが、豪華な料理の並んだ大きなテーブルの奥でレアイナは食事を取っていた。

「ディアナ、どこに行ってましたの？　早くお代わりを持ってきなさいっ！」

心なしか頬の赤いプリンセスは空になったワイングラスを掲げる。

「レアイナ様……もうおやめになった方がよろしいのでは……」

「大丈夫だって言ってるでしょうっ……」

メイドがやんわりと自制を促しても、王女はまったく聞く耳を持たない。

「あの、そんなに沢山お酒を飲んだんですか……？」

どうやらレアイナはずいぶん酔っているようで、少年は頬に手を当てて困っている侍女頭にそっと尋ねる。

「いえ、果実酒をほんの二、三杯飲まれただけなのですが……普段はあまりお酒を召し上がりませんので……」

侍女頭が耳打ちで簡単に状況を説明してくれた。王女の意外な一面に驚いていると、トロンとした瞳がこちらに向けられる。

「あら……ちょうどよかったですわ。こっちに来てお座りなさい」

「え、ボクですか……？」

さっきまで眉をツリ上げていたレアイナは少年を見つけると急に上機嫌になり、手招きをしながら他のメイドが持ってきた果実酒を一気に飲み干した。

「他に誰がいますの？　遠慮しなくていいからこっちにいらっしゃい」

少し躊躇ったが言われるがままにプリンセスの隣に座る。

「あのレアイナ様……お酒はそれくらいにした方が……」

「何ですの〜、これくらい平気だって言ってるでしょう」

酔っ払った王女はグラスを持った手とは反対の手を少年の腕に絡ませ、身体をすり寄せてきた。赤く上気した美貌と艶やかな唇が迫ってきてロウの心臓は瞬時に高鳴る。

「あら、顔が赤いですわよ？　さては破廉恥なことを考えていますわね？」

「そ、そういうわけでは……」

アルコールの匂いを含んだ吐息が耳元に吹きかけられ、異性の甘い香りが鼻腔をくすぐった。しかも先ほどから腕に押しつけられているポヨンポヨンと弾む乳房の柔らかい感触が気になって仕方がない。

「ふふ……図星ですわね。まったくアナタはいつもいつも……」

「ですから……あ、あれ？」

何とお姫様は騒ぐだけ騒いでからロウの腕を抱き締めたまま寝てしまった。どうしたものかとディアナに助けを求めると、侍女頭は少し驚いたように王女と騎士を見つめている。

「寝てしまわれるとは……困りましたね……しかしあんなに楽しそうに酔っているレアイナ様は初めて見ました……」

あれが楽しそうだったのか付き合いの浅いロウには分からなかったが、確かに普段の王女ならあんなに冗談っぽく絡んできたりはしない。

「申し訳ありませんが、レアイナ様を寝室まで運んでいただいてもよろしいですか？」

「えっ……ボ、ボクがっ……ですか……？」

思わず大きな声を出してしまうと、ディアナが人差し指をピンと立てて唇に当てる。

「はい。この状況で他の者に任せても、レアイナ様を起こしてしまうかもしれませんので、よろしくお願いいたします」

「わ、分かりました……」

一目惚れのように強く憧れていた王女に思わぬ形で触れることになり、緊張で腕を震わせながらレアイナをお姫様抱っこで抱え上げる。

（か、軽い……）

豪華な装飾品とドレスで着飾り、宝石のように輝きを放つ黄金の巻き毛といった存在感たっぷりのレアイナ。しかし腕の中で静かに寝息を立てる華奢な身体は、驚くほど軽くて細かった。

腕に感じる憧れのお姫様の太股や柔らかい身体の感触とぬくもりに心臓は高鳴りっぱなしだった。女性経験を積んでしまったことで、異性を意識するとどうしても生々しい感情が湧き上がってしまう。

（な、何を考えてるんだっ……）

邪念を振り払いつつ廊下を歩いていると、不意に腕の中の美少女が声を漏らした。

「……すぅ、ンぅ……ンン～……」

眠そうな目はまだ自分がロウの腕の中だということを理解していないらしく、ぼんやりとした視線で辺りを見つめていた。

「うぅン……どうして、わたくし……」

「あの、レアイナ様がお食事中に寝てしまわれたので……それで寝室までお運びしようと思って……それでっ……」

まだトロンとした瞳と目が合うと、少年は慌てて状況を説明する。

「そうでしたの……ありがとう……」

「へっ……!?」

気安く触れるなといつものように理不尽な叱責を受けるくらいは覚悟していたのに、思わぬ反応に驚いてしまった。王女は安心したのか少年の胸に顔を擦りつけ、再び目を閉じてしまう。

考えてみればレアイナから礼を言われたのはこれが初めてかもしれない。酔っているからなのだろうけど、やはり敬愛する王女から優しい言葉をかけてもらうと嬉しくなってくる。

（うわ……む、胸が当たってる……）

しかもお姫様が身体を密着させてくるので、ドレスの胸元から大胆に晒された白乳が押しつけられ、その弾力のある大きな膨らみの感触に心臓は高鳴る。手を伸ばせば十代とは思えない爆乳を鷲掴みにできるほど、王女は無防備に寝息を立てていた。

「レアイナ様、寝室に着きました……」

一応ドアの前で声をかけたが起きる様子もなかったので、レアイナを抱いたまま扉を開けて中へと入る。そしてベッドへと静かに下ろしたつもりだったが、金髪少女は目を覚ましてしまった。

「うぅ……ここは……どこですの……？」

「レアイナ様の寝室です。ごゆっくりお休みください……」

シーツと王女の身体の間から両手を引き抜こうとしたが、突然その腕を掴まれる。

「え、レアイナ様……？」

「……うぅん、すぅ……すぅ、ンぅ……」

起きたのかと思ったがレアイナは再び静かに寝息を立てていた。

しかしその手は何かにすがるようにギュッと少年の手を握り締めたままで、ロウは主君の寝顔を見つめた。

いつも気が強く負けず嫌いな性格のため弱い部分を表には出さない王女。それでも普段飲まない酒を口にしたりするところを見ると、国王を暗殺しようとするような組織に狙われて不安なのだろうか。

（ボクが、レアイナ様を守るんだっ……）

最近目的がずれかかっていたが、ここに来た本当の意味を改めて自覚する。

ロウは決意を新たに気を引き締め、そっと細い手を握り返した。

第四章　デレプリ

「……うぅン……うぅーん……」

朝の心地よいまどろみの中、誰かの話し声が聞こえてきた。

「すごい……何もしてないのに大きくなってます……」

「もう、ロウったら朝からこんなに……節操なしなんだからっ……」

まだ起きるには早い時間のはずだ。もう少し寝ていたかったが謎の声は消えない。

「ふふ……朝勃ちといって、朝になると元気になってしまうものなのですよ」

「そうなんですか、アンは初めて知りました……」

「すごい元気だから、もう舐めてもいいですよね……ちゅ、ちゅく……」

しかも下半身の辺りがスースーと風通しよく、何とも不思議な違和感を感じる。そして股間には生温かくて濡れた布で擦られているような気がした。

睡眠へと沈みかけていた意識を無理やり引きずり戻され、重たいまぶたを擦りながら視線を下半身へと向ける。

「……………え？　な、えっ……な、何してるんですか⁉」

目の前で広がる光景のおかげで意識は一気に覚醒した。

慌てて飛び起きた少年の股間にはミリアンヌとディアナ、カレンの三人が顔を埋めている。彼女達は朝勃ちする逸物に唇を寄せ、舌を這わせていた。

「あ、おはようございます、ロウさん……」

「ちゅぶ、ちゅく……起こしちゃった？」

「ロウ様。今日もよい天気ですよ……」

ナチュラルに朝の挨拶をしてくるが、その手は逸物を握り締めている。寝起きで何がなにやら分からないうちから、股間には甘い痺れが広がっていく。

「いや、だから……うっ、扱かないでっ……」

「何でダメなの？　ほら……気持ちよくしてあげる……むちゅ、はむぅ……」

悶える少年にお構いなく、カレンはペニスの先端をすっぽりと咥え込んでしまう。温かい口内粘膜に亀頭が包まれ、裏筋に唾液をたっぷり含んだ舌が絡みつく。

（うぅっ……気持ちよすぎるっ……）

寝起きで気だるさの残る全身はすぐに股間に広がる心地よい舌の感触に翻弄され、抵抗する気はいとも簡単に削がれてしまった。

コンコン――――。

両手でシーツを掴み呻き声を漏らしていたところに突然ドアがノックされる。

「えっ……!?」

ペニスをしゃぶる水音しかしていなかった室内に響いた異質な音の方へと全員が一斉に振り返った。

しかし少年の部屋にやってくるような人は、股間に群がっている三人くらいだ。それに彼女達は他の人に見られないようにと朝早くこっそりとやってきただけに、本当はまだメイド達すら起きていない時間帯である。

「……あの、起きていませんの？」

来訪者が誰なのかまったく予想もつかず息を潜めていると、再び扉が静かにノックされた。

（えっ、この声はっ……⁉）

誰もが聞き覚えのある声が聞こえ、ベッドの上にいる全員が顔を見合わせる。しかし意外すぎる人物の登場に、どう反応していいか分からず固まっていると、ドアノブがカチャリと音を立てて回った。

「入りますわよ……昨日は、ちょっと……」

半開きになったクッキー色の扉から顔を覗かせたふわふわとした金髪の巻き毛。相変わらず高圧的なイメージを与えるツリ目だが、珍しく眉尻が下がっている。らしからぬ申し訳なさそうな表情をした王女だったが、部屋の光景を見た瞬間に硬直していた。

「あ、あぁ、あの……レアイナさま……」

宝石のような瞳と視線がぶつかり、一瞬だけ時が止まる。わなわなと肩を怒りに震わせ、見覚えのある表情に戻っていくプリンセス。

「な、な、なっ……何をしているんですのぉぉ――――ッ‼」

甲高い悲鳴のような叫び声が部屋中に響き渡る。

「せっかくわたくしが昨日のことを謝ろうと思って来ましたのに……ディアナやカレンにアンまで……これはいったいどういうことですの⁉」

どうやら昨夜酔って色々と迷惑をかけたことを、密かに謝りに来たようだ。プライドの高いお姫様がわざわざ謝りに来たというのに、当の少年は股間を丸出しでギンギンに勃起した逸物をメイド達に扱かれている。

「い、いや……これはっ、その……」

見る見るうちにレアイナが不機嫌になっていくのが分かった。しかしまったく言い逃れのできない状況だけに、口をパクパクと開閉させるだけで言葉は上手く出てこない。

「ほんのちょっと見直したと思いましたのに……女を三人も部屋に連れ込んで、ただの変態ですわよ‼」

怒鳴り散らす王女の剣幕に元気娘メイドも母性的なメイドもすっかり萎縮してしまっていた。しかしただ一人この険悪な空気にもかかわらず、ミリアンヌは不思議そうに首を傾げている。

「……どうして怒っているんですか、お姉様？　もしかしてお姉様も、ロウさんとセックスがしたかったんですか？」

「えっ……そ、そんなわけないでしょう‼」

妹に質問された途端、急にレアイナはうろたえ始めた。平静を装っているが動揺しているのは誰の目に見ても分かる。

「フ、フンっ！　もう知りませんわ！　勝手になさいっ‼」

「あっ、レアイナ様っ……お待ちくださいっ……」

すっかり機嫌を損ねたレアイナはスカートの裾を翻し、自慢の縦巻きロールの金髪を揺らしながら部屋を出て行ってしまう。引きとめようと伸ばした手は空しく空中をさまよい、王女の足音は遠ざかっていく。

せっかく憧れのプリンセスの方から話をしようと部屋に来てくれたのに、逆に怒らせてしまい少年はガックリと肩を落とした。

「ちょっと、大丈夫……？」

「お姉様ったら、あんなに怒らなくてもいいですよね～」

「ロウ様、元気を出してくださいませ……」

心配そうにメイド達が声をかけるが、主君を怒らせてしまったというショックは大きかった。

(後で謝らないと……)

気分も股間の逸物も急激に萎えていくが、落ち込んでいる暇はなかった。

そして事態は思わぬ方向に発展する。

王女と侍女達が部屋に帰り、少年も着替えてから主君の寝室へ向かった。しかし部屋の前では数人のメイド達がウロウロとしている。おっとりとしているディアナまで何か焦っているようだった。

「あの、どうしたんですか……？」

少年が声をかけると少女達がワッと駆け寄ってくる。

「大変です、ロウ様！」

「レ、レアイナ様がいらっしゃらないんですっ……」

「えぇッ⁉　ほ、本当ですかっ⁉」

何と王女の姿が見当たらないというのだ。ロウも慌てて寝室を覗くが、やはり人の気配はなく、廊下を見渡しても顔色を変えたメイド達しかいない。

プリンセスの行方を周りの者が一切分からないなど、あってはならないことだ。しかも今レアイナは犯罪組織に命を狙われている。

(早く……早く探さないと……)

じわじわと事の重大さが少年の胸を締めつけていく。混乱しかけている頭で必死に考えてみるが、王女の居場所など見当もつかなかった。

「レアイナ様の行き先が分かりました！　エルベルグ地方に向かわれたそうです！」

一人の侍女が息を切らせながら走ってくる。

「それは本当なの？」

「はい、裏門の憲兵の方が言ってましたので間違いないと思います」

メイド長の質問に、少女は自信たっぷりに首を縦に振った。

「でも、なんで突然エルベルグなんかに……」

エルベルグとは王国領の南方に位置し、この城から馬を走らせて一時間ほどの距離にある森林地帯だ。緑豊かで綺麗な湖畔もあり避暑地として有名で、王族が別荘代わりに使っている小さな城もある。

ひとまず誘拐されたり、悪漢に襲われたりしたわけではないことが分かっただけでも大収穫だ。場所も一応危険なところではないので皆一様に安堵の溜め息をつく。

しかし情報を持ってきた少女は悲壮な表情で言葉を続ける。

「ただ、レアイナ様は従者も連れず、お一人で向かわれたらしいんです！」

「まさか……そんな、どうしてっ……」

再び侍女達は互いに顔を見合わせ、辺りは騒然となった。いくら向かった先が人気の多い避暑地とは言え、その道中が安全だという保証はどこにもない。

「ボク、行きますっ！」

嫌な予感がぞわぞわと胸に広がり、もう居ても立ってもいられなかった。

「ロウ様、どちらへ⁉」

返事もそこそこに駆け出した少年騎士を、ディアナを始めメイド達一同は見送るしかなかった。

「あぁ、もうっ！　バカバカしいったらありませんわ!!」

真珠色のドレスで着飾ったプリンセスは顔を真っ赤にしながら、スカートの裾から伸びる細くしなやかな脚を組み替え馬車の座席に座りなおした。

黄金の巻き髪は窓から差し込む太陽の光をいっぱいに浴びてキラキラと宝石のように輝き、大きく開かれた胸元からはミルクを溶かし込んだかのように白い乳肌が大胆に晒されている。

そんな美しい姫君が不機嫌そうに眉を顰め、流れていく景色をじっと眺めていた。

（お酒なんて飲むんじゃありませんでしたわ……）

昨日、平民出身である自分の母親のことを姉達にバカにされて口論になった。

そのことでイライラしていたので、夕食の時にあまり強くもないのについお酒を呷り、不覚にも酔っ払ってしまった。散々騒いだ挙句にロウに抱きかかえられて寝室に連れて行かれたことまでハッキリと記憶に残っている。

さらに酔っていたとは言え少年に抱きつき、まるで恋人のように甘えてしまった。そんな自分の姿を思い出し、王女は恥ずかしさのあまりに頬を真っ赤に染める。

（カ、カッコいいこと言ってましたけど、結局ただの変態ですわ！　メイド達やアンまで部屋に連れ込んであんな破廉恥なっ……）

心の中で少年騎士に悪態をつくが眠りにつくまでずっと握っていた彼の手のぬくもりは今も掌に残っている。

（わたくしったら何をしているんでしょう……）

少し冷静になるとなぜ自分が怒っているのか分からなくなってくる。エルベルグの城へ行く必要もまったくない。これではまるで――。思い当たった感情を全力で否定しようとした時だった。

「レアイナ様、お逃げくださ……ぐはっ！」

ドサっと砂袋が地面に落ちたような鈍い音と共に御者の叫び声が響く。

そして馬が嘶《いなな》き馬車が止まった。

「な、なんですの、いったい⁉」

急停止したせいで前のめりになり、王女は何事かと窓から顔を出した。しかし目の前に広がる状況を瞬時に理解し、その表情は硬く強張る。

「ひゃ～はっはっはっは！　てめえがレアイナだな？」

「大人しく捕まった方がいいぜぇ～」

武器を装備し下品な笑みを浮かべたならず者風の男達がざっと十数人、ぐるりと馬車を取り囲んでいた。御者の男は肩に矢を受け、地面に倒れている。

王女の名前を知っていることから、ただの追いはぎや強盗の類ではないのだろう。

（これがお父様を暗殺しようとした集団ですわね……）

自らの命を狙われているということを理解しているが、下衆《げす》に怯えた姿を見せるなどレアイナのプライドが許さなかった。

「わたくしをアガルタニア王国第三王女レアイナ・ルイーゼ・ヴィルヘルミアーナと知っての狼藉ですの！」

気高い王女は自ら馬車を下り、堂々と胸を張った。絶望的状況なのに冷静な口調で高圧的に言い放つその姿は、逆に野党共が一瞬怯むほどの存在感だった。

「ふん、気の強い女ってのも嫌いじゃないぜ」

「それにいい身体をしてるじゃねーか。いつまで強がってられるかな～」

国王を暗殺しようとする大胆不敵な犯罪者集団だ。王女の威光にひれ伏すような相手ではなく、男達は舌なめずりをしながら近寄ってくる。

「ぶ、無礼者！　わたくしに触れたら承知しませんわよ!!」

気丈に振舞うプリンセスの叫び声が空しく木々に囲まれた森の中に響く。

「でっけー乳してんじゃん」

強気な姿勢を崩さないレアイナも、乱暴に腕を掴まれた瞬間に圧倒的な腕力の違いを感じた。しかしそれを表情に出さないように口をキュッと結び、腕を払いのけようともがく。

「キャッ！　このっ……放しなさいと言ってますでしょう!!」

金髪の縦ロールが大きく揺れてはだけた胸元も大きく弾み、悪漢の視線を楽しませてしまう。

いくら気の強い王女も十代の少女。大人数の男達に囲まれ、恐くないはずがない。

（誰か、助けてっ！　…………………………ロウ!!）

そして絶望に塗り染められる意識の中で思い浮かんだのは少年騎士の顔。

王女はその名を心の中で叫んだ。


誰かの声が聞こえたような気がした。エルベルグの森林地帯に差し掛かったところで、少年騎士だった。ディアナに騎士団へ事態を説明し応援を呼んでもらうように頼み、自身は軽装の騎士装束のまま馬舎の中から一頭拝借し現地へと向かったのだ。

レアイナが一人で別荘地へ向かったという報告を聞き、真っ先に城を飛び出したのは少年は手綱を握る手にさらに力を込める。

「あれはっ……!?」

視界の先に見える豪華な馬車はおそらく王室専用のもの。

そしてその周りに十数人の人だかりができている。

「間に合ってくれ――――ッ!!」

前傾姿勢のまま鐙《あぶみ》を踏みならし、馬の速度を上げさせた。大地を駆ける蹄《ひづめ》の轟音が辺りに響き渡り、男達も自分達の方へと向かってくる少年騎士の存在に気づいたようだ。

「レ、レアイナ様ぁぁぁぁぁ!!」

人だかりの中心で数人の男に腕を掴まれている少女の姿が視界に入る。

太陽のように眩しい輝きを放つ金髪を揺らめかせながら、白いドレスに包まれた華奢な身体をよじって抵抗しているのは間違いなくレアイナだった。

主君の危機を察すると同時に、この連中が国王を暗殺しようとした不届き者の集団だということも悟った。

「うわっ！　こいつ突っ込んでくるぞ⁉」

「バカヤロウ‼　何考えて……うわ――っ‼」

王女に襲い掛かっていた男達は突進してきた馬に驚き、転がるように左右に散った。

一瞬レアイナが解放される。

「ご無事ですか⁉　レアイナ様っ……」

少年騎士はその隙を見逃さない。思いっきり手綱を引いて馬の脚を止め、お姫様の側に飛び降りた。

「えっ、アナタ……どうして……」

レアイナはまさに颯爽と現れた少年に目を丸くして驚いている。

髪が乱れてドレスも土で少し汚れているが何とか無事のようで、ロウは安堵の溜め息をついた。

「てめえ、何者だ？」

「ふざけたことしやがって……殺されてーのか！」

不意を突かれて王女を奪われ、ドスのきいた声でがなりたてながら武器をふりかざす男達。まだ危機的状況に変わりはない。

「貴様らこそ、レアイナ様にこんな乱暴なことをしておいて……ただで済まされると思うなよ！」

　小柄で心優しそうな少年の怒号に男共はもちろん、王女も一瞬怯んだ。

「ちょ、調子のってんじゃねーぞ、小僧！」

「この人数相手に勝てると思ってんのか～？」

　悪漢達の声よりも自分の心臓の音が大きく聞こえるほど、信じられないくらい気持ちが昂ぶっている。

　数的優位は圧倒的だった。

　普通に考えて勝てるような状況ではない。

　それでも少年には退けない理由がある。

「は、早く、逃げた方がいいのではなくて……？」

　少年の袖を引き不安げに見つめるレアイナ。

「いえ、この数相手では逃げきれません。もうすぐ応援が来ますので、馬車の中に隠れていてください！」

「えっ……わ、分かりましたわ……」

　力強く放たれた言葉に、王女は頷くしかなかった。

　王女を抱えてでは馬を走らせてもすぐに追いつかれてしまう。だから騎士団の本隊がやってくるまで時間稼ぎをすることが、今ロウにできる最善の策だった。

　この人数を相手に戦えば命はないと分かっている。それなのに士気は高まり、不思議と気持ちは落ち着いていた。死を覚悟した瞬間、この数週間のことが走馬灯のように頭をよぎる。城で働きだしてから美しい姫君やメイドに言い寄られたりと、夢のような出来事が続きどこか現実感がなかった。

今こそ王女に仕える者として本当の職務を果たす時だ。それに惚れた女性のために命を賭すことは、騎士として本望。一人の男として誇らしいことだった。

「どうした吠えるだけか⁉　死にたい奴からかかってこい‼」

プリンセスを馬車の中へと押し込み、後顧の憂いを断ち切る。

「そう焦んなくても、ぶっ殺してやるわ！」

少年の挑発にのった一人の大男が両手持ちの大刀を振りかざし突っ込んできた。

そこに帯剣を引き抜くと同時に閃光が走る。

ドサ――ッ！

大刀が弾き飛ばされ地面に突き刺さった。

幼い頃に両親を失い頼る身寄りもなく、一人で強く生きていこうと門を叩いた騎士への道。伊達や酔狂で目指したわけではない。

ロウの剣の腕を男達も瞬時に悟ったのだろう。見る見る顔色が変わっていき、目つきが獣のように鋭くなる。

「油断するな、全員で取り囲め！」

ボスらしき男の掛け声で十数人が一斉に飛び掛かってくる。

そして、戦場は修羅場となった。

これが一対一なら負ける気はしなかった。圧倒的に不利な状況で少年は必死に剣技で応戦するが、この人数差は深刻すぎる。

それでもロウは決して諦めない。レアイナを守りながら襲いくる剣を薙ぎ払い、悪漢共を切り捨てた。

「うおぉぉぉぉ――――っ！」

覚悟の違いを見せつけ、数人の男を次々に地面へと沈める。

しかしいくら少年の剣の腕が悪漢達より勝っていても、死角は完全にはカバーできなかった。持久戦に持ち込まれて体力を削られ、フラフラになりながらも粘るが勝敗がつくのは時間の問題だ。

（ぐっ……これ以上は……）

体力の限界を超え動きの鈍くなった少年に、悪漢達の攻撃は容赦なく降り注ぐ。もうダメだと覚悟を決めた時だった。

遠くに聞こえる大量の騎馬が駆ける地鳴りの音。

気がつけばもうすぐそこまで百騎ほどの騎士達が駆けつけていた。少年を痛めつけることに躍起になっていた男達は、王女に手を出す前に次々と捕らえられていく。

その光景を見つめていたロウは緊張の糸が切れて、その場に倒れ込んでしまった。

「だ、大丈夫ですの⁉　ロウっ！」

無事保護された王女は騎士の手を振り払い、少年に駆け寄った。

「初めて……名前を、呼んでくださいましたね……」

「え、そうだったかしら……って、そんなことは今はどうでもいいですわ‼」

敬愛するプリンセスに初めて認められたような気がして、それだけでこの痛みも苦しみも吹き飛ぶような気がした。

しかし身体は限界だったらしく、意識が遠のき視界は暗くなっていく。


目を覚ますと見慣れない天井が広がっていた。

長年暮らしていた小さな小屋とも、最近眺めるようになった豪華な一室の天井とも違う光景がぼんやりとした視界に映る。

視線の先をふさいでいたのは天蓋だった。だんだんと思考が覚醒していくうちに極上の肌触りのよさを誇るシルクのシーツにふかふかの羽毛と、水に浮かんでいるかのように心地よいベッドで寝ていることに気づく。

「……うっ、ここは……？」

もぞもぞと手足を動かしてみるが、寝すぎた時のように身体の節々が痛い。

「あっ、目を覚ましましたのね！」

声をかけられた方を向くと、そこにいたのは今にも泣き出しそうに顔をくしゃくしゃにしたお姫様だった。真っ赤に腫らした瞳で見つめてくる。

「えっ、レ、レアイナ様っ……痛ッっ……」

慌てて起き上がろうとすると、全身に鋭い痛みが走り呼吸が止まった。

「大丈夫ですの？　無理はいけませんわ……」

ベッドの傍らに座っていた王女が身を乗り出し、心配そうに布団をかけなおしてから額に濡れた布を当ててくれる。レアイナの声を聞きやってきたディアナが、少年が目を覚ましていることに気づき表情を明るくする。

「まあ、ロウ様気がつかれたのですね！　三日も眠り続けておりましたので大変心配いたしましたっ……本当によかったです……」

「み、三日も寝てた⁉」

まったくそんな自覚もなく驚いてしまうが、徐々に記憶がよみがえってきてなぜ自分が倒れていたのかを思い出してくる。

「……はっ⁉　そ、それよりも、レアイナ様はご無事でしたか⁉」

「え、わたくしが……？」

少年が慌てて王女を見つめると、当のプリンセスは何のことを聞かれているのか分からないように首を傾げた。

「はい、ロウ様のおかげで国賊共は一網打尽に捕らえられ、レアイナ様も幸い怪我一つされておりませんでした」

「そうですか……よかった……」

「わたくしのことより自分のことを心配しなさい！　こんな大怪我をして……倒れて、目も覚まさないから心配しましたわよ‼」

安堵の溜め息をついていると、レアイナは顔を真っ赤にして叫ぶ。

ロウは全身打撲に右腕の骨にヒビが入るという重傷を負い、意識不明のまま三日間も熱にうなされながら寝ていたらしい。右腕は添え木で固定され包帯を巻かれているし、全身あちこちアザだらけになっている。

「えっ、心配……？　レアイナ様が……ボクを？」

まさか自分のことを心配してくれていたとは思いもせず、何だか嬉しくなって思わず王女の顔を見つめてしまった。すると完璧な美貌の持ち主のレアイナにしては、目元がうっすらと黒くなり表情にも疲れが滲んでいる。

「そうです、レアイナ様は三日間ほとんど寝ずにずっとロウ様のお側で看病をされていたんですよ」

侍女頭はニコニコと笑っているが、プリンセスはハッとして視線を逸らした。

「べ、別に特別な意味はありませんわっ……そ、その、わたくしのせいで怪我をさせてしまったのですから、仕方なく看病しただけですわ！」

恥ずかしそうに頬を赤らめお姫様はプイッとそっぽを向いてしまうが、気づけばここはレアイナの寝室で、ロウが寝ているのは彼女のベッドだった。

（まさか夢を見てるんじゃ……）

死地から戻ってきてみると、あのプライドの高い王女自らという手厚い看病を受けている。信じられないような状況に、ロウは言葉を失った。

「ロウが目を覚ましたって本当⁉」

「あぁ……ロウさんっ、ロウさんっ……」

思わずその美顔を見つめてしまうが、少年が意識を取り戻したとの報を聞きミリアンヌやカレン、他のメイド達が次々にお見舞いにやってくる。そして真っ先に童顔王女が飛びついてきて、きつく抱き締められた。

「バカ！　無茶ばっかりして……死んじゃったらどうするのよっ⁉」

カレンも目を真っ赤にして肩を怒らせているが、心配で堪らなかったのだろう。他のメイド達と同様に安堵の表情を浮かべている。

「ほら、ロウは怪我人ですわよ。しばらく絶対安静なのですから、あなた達は外に出なさい。アンもよ」

ところがレアイナはディアナ以外の妹姫を含めメイド達を全員部屋の外に追い出してしまう。

「もう、お姉様ったら……」

当然不満を言うアンを中心に侍女達も納得いかないといった顔だったが、しぶしぶ部屋を後にする。

王女なりに気を使ってくれたのだろう。俄かに騒がしくなった寝室が再び静けさを取り戻すが、せっかく見舞いに来てくれた彼女達を追い返すのは気が引けた。

「そうですわ、お腹が空いているでしょう。何か用意させますわ」

しかもレアイナの驚きの行動はそれだけに留まらない。ディアナが運んできたお粥を受け取ると、さも当たり前のようにスプーンですくって口元に運んできてくれた。

「えっ、あ、あの……これは、いったい……」

「利き手が使えないと不自由でしょうから、わたくしが食べさせてあげますわ」

「そんな……レアイナ様にそこまでしていただかなくても……」

あのプライドが高いレアイナの突然の献身的な行為に驚き、少年は目を白黒させながら王女とお粥を交互に見つめる。

「わたくしのせいで怪我をしてしまったのですから、これくらいして当然ですわ。ほら遠慮せずに召し上がりなさい」

「わ、分かりました……それでは、熱っ、熱ちッ……はふ、はふっ……」

他人にものを食べさせることに慣れてなどいない王女は、いきなり大量のお粥を口の中へと押し込んできた。舌がやけどするかと思うくらい熱くて目の前がチカチカとする。

「ご、ごめんなさい！　そんなに熱かったとは思わなくて……」

レアイナは慌てて少年の口元をタオルで拭った。

「……いえ、大丈夫です……はは、熱いですけど、おいしいですね」

「こ、今度は失敗しませんわ」

少年が必死に笑顔で答えると王女は真剣な顔つきになる。そして再びスプーンでお粥をすくい、ふうふうと息を吹きかけ冷ましてから口元に運んでくれた。

「どう？　おいしいかしら？」

今度は適度な温度に冷まされたお粥が喉を通り、三日間何も食べていない空きっ腹に染み込んでいく。今までに見たこともないような優しい表情をした王女の気遣いに感激してしまい、嬉しくて胸がいっぱいになってきた。

（ど、どうしちゃったんだ、レアイナ様……）

「はい、おいしいです。ありがとうございます……」

「それはよかったですわ。あら……？　ずいぶんと汗をかいていますわね。ディアナ、湯浴みの準備をしなさい」

温かい粥を食べて汗をかいているロウの顔を見て、プリンセスは侍女に風呂の準備を言いつけた。

「今すぐにロウ様がお風呂を使えるようにメイド達に言ってきますね」

「ちょっとお待ちなさい、ディアナ」

深夜ではないが特別にメイド用の浴室を使えるように、侍女達にその旨を伝えに行こうとしたメイド長をレアイナは一度呼び止めて何か耳打ちをしている。

少し驚いたように眉を動かしたが、ディアナは一礼をして部屋を出て行った。

「さあ、行きますわよ。起き上がれます？」

「レアイナ様、どちらへっ……!?」

「いいから、アナタは黙って付いて来たらいいのですわっ……」

手を引かれてベッドから抜け出した少年は、さっきのことが気になって尋ねてみたが王女はツンとしたまま歩き出した。憧れのお姫様と手を繋いでいるのに、そのことよりも全身打撲と三日も寝たきりだったせいでフラつく足元が気になってしまう。

「え、ここは……?」

転びそうになりながら歩いていると、着いたのは以前王女に桶を投げつけられたあの大浴場だった。

「ロウの衣服を脱がせてあげなさい」

数人のメイド達が着替えを用意したりと忙しそうに働いている。そしてロウは王女の指示を受けた別のメイドから衣服を脱がされ、一人で浴室へと押し込まれた。

「え、えっ？　あの……えぇっ……？」

いきなり王族専用の大浴場に放り込まれ、少年はわけも分からずキョロキョロとするばかりだった。そして待つこと数分――。

「お、お待たせしましたわね……」

真珠色のドレスからバスローブのような形をした純白の湯着に着替えたレアイナがおずおずと浴室に入ってくる。

素肌こそ隠れているが薄い布地はぴったりと王女の身体に張りつき、しなやかな腕や丸

みを帯びたお尻などボディラインが浮かび上がっていた。腰紐で縛っているので細い腰の括れが強調され、細くスレンダーな身体が惜しげもなく晒されている。

豊かに育った乳肉がこれでもかと突き出しているせいで胸元は左右に開き、布の合わせ目からミルクのように白い乳肌が覗いていた。

「あんまり見つめられては、恥ずかしいですわ……」

少年の不躾な視線を浴び王女は頬をほんのりと赤く染めて、恥ずかしそうに身体をくねらせている。いつもだったら破廉恥な目で見るなと怒られそうなのに、強気なツリ目からは普段のキツイ視圧が感じられない。

「あ、あぁ……すみません……あの、レアイナ様……これはいったいどういう……」

まじまじとお姫様の身体を見つめていたことに気づき、慌てて視線を逸らしながら少年は尋ねる。

「手が不自由で困るでしょうから、わたくしが背中を流して差し上げますわ」

「そんなっ……レアイナ様の手を煩わせるわけには……」

「い、いいですから、そこに座りなさいっ！」

王女は恐縮する少年の肩を押して湯船の近くの座椅子に座らせる。

(これは、どうなってるんだ……？)

目を覚ましてから明らかにレアイナの様子がおかしい。いつもの高飛車な態度や言動はなく、調子を狂わされっぱなしだった。

「それでは……始めますわよ……」

布をお湯で濡らしてから石鹸で泡立たせ、少年の背中を洗い始める。しかし擦るというよりも撫でているだけで手元もどことなくぎこちなかった。

自分の身体すらメイドに洗ってもらうような生粋のお姫様なのだから、他人の身体を洗うなんて未知の行為に違いない。不慣れながら懸命に背中を流そうという気持ちだけは背中越しにも伝わってくる。

「よいしょっと……あら、よく見たら意外と筋肉がありますわね……」

「あ、ありがとうございます……」

少年の後ろ姿をまじまじと見つめながら王女は感心したように呟く。

「こんなに傷だらけになりながら、わたくしを守ってくれましたのね……」

背中だけでなく腕や脚に無数に広がる痛々しい青アザを見て、レアイナはそっと傷口を手で撫でながら黙り込んでしまう。

「それが騎士の務めですから……」

いつも厳しい言葉ばかりかけられていたので、こうやって褒められると嬉しいはずなのに恥ずかしくて言葉に詰まる。しかし高飛車プリンセスの珍しく柔らかい雰囲気に気が緩み、少年の意識は先ほどから時々背中に当たる柔らかい膨らみへと引き寄せられていた。

ディアナにも匹敵する大きさを誇るバストのプリンのような感触が薄布越しに伝わってきて、下半身は正直すぎるほど反応してしまう。

（うっ……勃起してるところバレたら、せっかく機嫌がいいみたいなのに怒らせてしまうかもしれないっ……）

自然と内股になり両手でさり気なく股間を隠す。

「さあ、終わりましたわ。今度は前を向きなさい……きゃっ⁉」

「こ、これは……申し訳ありませんっ！」

くるりと回転した時に手の間からギンギンにそそり勃つペニスが顔を覗かせ、レアイナは可愛らしい悲鳴を上げる。硬く勃起した肉棒を見られてしまい、少年は思わず赤面して謝った。

「……謝らなくても、いいですわ……殿方が興奮すると、ここが大きくなると知っていますから……」

破廉恥なと怒られると思っていたのに王女は耳まで真っ赤にしながらも胸板を布で擦り始める。明らかにレアイナに対して下半身は欲情しているのに、それでも怒られずますます混乱してしまう。

「その、大きくなっている部分は……いつもアンかメイド達に洗ってもらっているのかしら？」

「うっ、いえ……そういうわけでは……」

妹姫やメイドとの関係を皮肉られたのかと思ったが、それにしてはプリンセスの言葉にはトゲがない。それどころかチラチラと肉棒に視線を這わせ、上目遣いに見つめてくる。

「いつもアンと……する時も、こんなに大きく腫らしてましたの？」

「それは……あの……」

「そうですわよね、アンはとても可愛いですものね。それにディアナは優しく大人っぽいですし……カレンと言いましたかしら？　あの娘も魅力的ですから仕方ありませんわね」

拗ねた恋人のような質問に少年は驚いた。あのプライドの高いお姫様が妹姫のことならまだしも、ディアナやカレンといったメイドまで褒めている。

「そんな……レアイナ様はお綺麗ですし、スレンダーなのに胸も大きくて……あっ！」

「え、わたくしの胸……？」

実際正面で向き合っているため、先ほどから目下に突き出されている大迫力の乳房が気になって仕方がなかった。泡が飛び散り濡れた湯着はさらに王女の身体にぴっちりと張りつき、その雪のように白い肌が透けている。

熱心に奉仕をしているうちに胸元は大きく開き、ちょっと覗き込めばメロンのような乳肉の先端部分まで見えてしまいそうだった。

「そ、そうですの……わたくしにも少しは魅力あったかしら？」

少年の不躾な言葉を咎めるどころか、王女は恥ずかしそうに視線を逸らしている。

「もちろん、レアイナ様は魅力的です！　ボクはずっと昔からレアイナ様に憧れてて、だからお仕えできるって聞いた時は嬉しくて……命に代えてもお守りしようと思ったんです！」

「……わたくしに憧れ……それは本当ですの？　そ、その割には、アンやメイド達とばかり仲良くしていたような気がしますわねっ……」

「あ、あれは……成り行きというか、その……」

少年の熱い想いを聞き一瞬満更でもない顔をした王女だが、すぐにプイっとそっぽを向いてしまう。

（レアイナ様、拗ねてるみたいで可愛い……）

憧れのお姫様と二人っきりというシチュエーションに今さらながら胸が高鳴る。しかし和やかで幸せな時間はあっという間に過ぎていった。

「はい、終わりましたわ」

ザブンと肩からお湯がかけられ、泡を洗い流していく。

「ありがとうございます……」

できるならもっとレアイナと一緒にいたいと思ったが、王女に一介の騎士が背中を流してもらうというだけでも贅沢というものだ。

命がけで彼女を守った彼への最大限の感謝の意味を込めていたのだろう。そんな心遣いに胸が熱くなる。

「それではあとはゆっくり湯浴みを楽しむといいですわ……」

「はい、お気遣い感謝いたします」

そう言うとレアイナは乱れた湯着を直しながら立ち上がる。少し残念ではあったが、少年も立ち上がり一礼をした。

「あとで……」

「えっ……？」

そのまま浴室から出て行くのかと思ったが、プリンセスはくるりと背を向けたまま一度その場で立ち止まる。

「あとでわたくしの部屋に来なさい……」

それだけ伝えると美しいシルエットは湯気の向こうへと消えていった。


コンコン――。

静まり返った長広い廊下のせいでドアをノックする音がやけに大きく聞こえる。

「どうぞ、お入りなさい……」

麗しい姫君の返事を確認するとゆっくりと豪華な扉を開けた。蝋燭の照明が放つ淡い明かりの中、ベッドに腰掛けている王女の姿が浮かび上がる。

妄想ばかりが先走りして妙な期待ばかり湧き上がってしまう。緊張した面持ちでベッドへ近づいていくと、だんだんとレアイナの姿がはっきりと見えてきた。

（うっ……これは……）

普段の真珠色のドレスではなく王女が身につけていたのは、何とスカイブルー色をしたネグリジェだった。ワンピースのような形をした薄布は一応全身を覆ってはいるが、シースルーの生地でできているせいでこの暗がりの中でも王女の白い肌が透けて見える。

思わぬ扇情的な姿で出迎えられたロウは立ち止まってしまった。

「何をしていますの？　早くこっちへいらっしゃい」

「はい、かしこまりました……」

王女の足元に跪くと投げ出された綺麗な脚が視界に入る。普段は白いタイツをはいているので、室内で生脚を見るのは新鮮だった。しなやかなふくらはぎから透けたスカートの中へと視線は上っていく。

下半身の肉付きは薄いが組まれた太股はムチッと潰れ、いつ脚をお舐めと言われてもおかしくないような妖しい姿勢である。

「そこではありませんわ。隣に座りなさい……」

「えっ……そんな恐れ多いことは……」

臣下が主君のベッドに上がる――ましてや隣に並んで座るなどできるはずがない。少年が慌てて頭を下げるが、お姫様は譲らない。

「わたくしがいいと言っているのですから、余計な遠慮は無用ですわ」

まだ何か言いたげだったロウの腕を掴み、王女は強引にベッドへと引き上げる。そしてギュッとしがみつくように服を掴んで離さないレアイナは上目遣いに少年を見つめた。

「アナタと一緒にいたいのです……」

搾り出すように告げられた声は聞き取れないくらい小さかった。

「レアイナ様……」

気持ちばかり空回りしていきなりご飯を食べさせたり背中を流したりと、暴走気味の行動に出てしまったが確実に少年と王女の心の距離は縮まっている。

「わたくしを想っていると言いましたわよね……本当にその気持ちがあるなら……」

恥ずかしそうに顔を真っ赤にしている王女と視線が交錯した。

「今、ここで、わ、わたくしと……その、証を……」

「えっ、えぇぇッ⁉」

レアイナが何を言わんとしているのかを悟った少年は思わず驚きの声を上げる。

しかし宝石のように澄んだ瞳は冗談を言っているようには見えない。ずっと憧れていたお姫様とセックスができるなんて、これは夢ではないかと心配になる。

「いや、しかし……」

だからといってそう簡単に抱けるはずもない。

身分の違いはもとより、レアイナは隣国の王子との結婚の噂もあるのだ。嫁いだ時に王女が別の男と結ばれていたら、それは問題になりかねない。

「なぜですの⁉　アンやメイドは抱けて、わたくしは抱けないと言うんですの⁉」

「そういうわけではありませんが……」

煮えきらない態度を見せる少年に、姫君は今度は真正面からしがみつく。

「わ、わたくしは……アナタがっ！　うぅっ……女にここまで言わせておいて……わたくしに恥をかかせるつもりですのっ⁉」

今にも泣き出しそうな美顔が必死に訴えてくる。

普段は高圧的で高飛車な王女のこんな表情を知っているのはおそらく王国中を探しても少年一人。

そして何よりツリ目を潤ませながら上目遣いに見つめてくるのは反則だった。

「レ、レアイナ様……」

万感の想いが募り、堰を切ったように溢れる感情を抑えきれなくなり、そっと金髪のお姫様を抱き締めた。

「あっ……」

顔を近づけるとレアイナはギュッと目を閉じる。

チュッ――。

軽く唇同士が触れるだけの甘酸っぱいキス。それだけなのになぜか胸の高鳴りは大きくなり、互いを求め合うように再び唇を重ねた。

「ンんっ……ロウ、もっと……ちゅ、ちゅくっ……」

(あぁ、もうっ……レアイナ様、可愛いすぎるっ！)

だんだんと口付けは情熱的になり、ついに勢いあまり二人は抱き合ったままベッドへと倒れ込んだ。

「きゃっ……」

最高級のマットはその衝撃を優しく包み込み、ロウとレアイナは互いの身体をキツく抱き締めあう。

「好きですっ……ボクもずっと前からレアイナ様のことが好きですっ……」

「嬉しいですわ……ロウ、もっと強く抱き締めて……ンン、ちゅ、ちゅぅぅっ……」

引き寄せられるように少年は王女の唇に自分の口を押しつける。覆いかぶさり胸でレアイナの巨乳を押し潰したまま、引き締まっていてぷりっとした唇の感触を楽しむように何度もキスを繰り返した。

「……ぷはぁ、はぁはぁ……は、激しいですわね……初めて……キスをしましたが、悪くはない気分ですわ……」

呼吸をも許さないような激しい口付けの連続から解放され、王女は乱れた息を整えている。

「え、じゃあファーストキス……」

「そうですわよっ、ロウは違うみたいですけどっ……」

明らかに嬉々とした表情を浮かべる少年に、レアイナは頬を染めながら拗ねたように呟いた。しかし互いの気持ちを知った後では彼女が嫉妬しているのだとすぐに分かる。

「でも、レアイナ様とのキスが一番気持ちいいです……」

「……そ、それならもっとしてあげますわ……」

一番と言われたのが嬉しかったのか今度は王女の方から口を寄せてきた。しかしすでにフレンチキスだけでは満足できなくなっているロウは舌を突き出して、口元を舐めたり唇の合わせ目を突っついたりする。

「ちゅ、ちゅく……はむぅ、ロウぅ……？　ンじゅっ、じゅっ、ちゅぶぅぅ……」

何を求められているのか分からず、声を出そうとしたところに舌を口内へと一気にねじ込ませた。お姫様の口の中は熱くて、唾液で濡れた粘膜はとても柔らかい。

レアイナはいきなりのディープキスに身体を一瞬だけ強張らせたが、じっと責めを受け入れてくれる。そして舌同士を絡ませあうと、口から溶けてしまいそうになるほど気持ちよかった。

腕の中にいる王女の抱き心地と甘い口付けで、股間の逸物は完全に勃起してしまっている。その硬くなっている部分が布越しではあるがレアイナの太股と擦れて、腰にジリジリと快感が広がった。

「レアイナ様、胸を触ってもいいですか……？」

「あふ、うン……胸を？　ええ、いいですわよ……好きになさい」

許可をもらうや否や魅惑の乳房をシースルーの上から思いっきり鷲掴みにする。絹でできたブラジャーに十本の指を重ね、その若さ溢れる瑞々しい弾力あるバストの揉み心地にロウは夢中になった。

「きゃうっ……そんなに強く揉んだら……い、痛いですわ……」

十代とは思えないほど豊満な乳肉に指を食い込ませると、王女は普段聞いたことがないような可愛らしい悲鳴を上げる。恥ずかしそうに腰をうねらせる姿は、興奮状態の少年にとっては誘っているようにしか見えなかった。

「すごい、レアイナ様のおっぱい最高に気持ちいいですっ……」

　掌に収まりきらないサイズの乳房を下から持ち上げるようにこね回すと、ミルクのように白い乳肉がブラからこぼれ落ちそうになる。綺麗な曲線を描いていた乳房が指に力を込めるたびにぐにゃりと形を変え、ゼリーが弾むように揺れた。

「……ンっ、調子のいいことばかり言って……はンぅ、あはぁンっ……」

　唇から接吻の位置を下へとずらし、首筋や鎖骨へと舌を這わせる。赤みがさして汗ばんだ肌はほんのりとしょっぱく、レアイナの声は色みを帯び始めていた。

　愛しい気持ちと性欲を抑えられず、ずっしりとした乳肉の重みは、いくら揉んでも飽きることがない。初めは困ったような表情を浮かべていた王女のツリ目も次第にトロンと蕩けてくる。

「ちゅぱ、ちゅぅ……ブラを脱がせてもいいですか……」

　乳肌にキスをしながら聞くと、プリンセスは恥ずかしそうに目を逸らしたまま黙って頷く。そんな姿がいじらしくて、ますます興奮は高まる。

　――ぷるんッ。

　ネグリジェの肩紐を解き、胸を露出させた。そして巨乳を覆っている下着のカップに指をかけて引き下ろすと、鼻息を荒くしているロウの前に美しい乳丘が露わになった。

（おぉおっ！　こ、これは……）

思わず言葉を失い、そのおっぱいに見とれてしまう。

仰向けに寝ているのでサイズがサイズなだけに多少左右に広がってはいるが、矯正を失っても綺麗な御椀型をした乳房のほとんどが崩れていない。魅惑の丸みを帯びた形を維持したまま、呼吸のたびにゆらゆらと乳肉全体が揺らめいた。

先端の尖りは色素にまったく染まっておらず薄ピンク色をしている。たっぷりとした巨乳の割にはぷっくりと膨らんだ乳輪も、その中心で硬くなっている乳首も小さめで綺麗だった。

「あの……レアイナ様、気持ちいいですか？」

胸を弄りながら尋ねると、それまで目を瞑って甘ったるい息を漏らしていたのに、王女はハッと顔を赤らめる。

「べ、別に気持ちよくなんてありませんわっ……」

プライドの高いレアイナは感じていた顔を見られたのが恥ずかしいのか、ムッと口を結んで声を殺してしまう。しかし乳房を揉まれるたびに悩ましげに細い腰をくねらせ、明らかに快感に悶えていた。

（レアイナ様って本当に意地っ張りだなぁ……）

必死に声を我慢している顔が可愛くて、つい意地悪をしたくなってしまう。

王女と打ち解けたことが嬉しくて調子に乗った少年は、執拗に乳首ばかり舐めては吸い舌で転がした。反対の乳首も指でコリコリと摘んだり引っ張ったりしながら、乳肉を愛撫するとプリンセスは堪らず嬌声を上げる。

「きゃふぅっ……い、いやぁ……はふぅ、ンンっ……そんなとこばかり、な、舐めたりしては……あぁン、ダ、ダメですわ……」

白い乳丘の中で薄ピンク色をした部分がぷっくりと膨らんできた。乳首は硬く勃起して、乳輪もサイズを増している。

「そこって、どこですか……？」

心優しく騎士道精神の強いロウは女性相手に我を出す方ではない。

それなのにレアイナを見ていると次から次に不思議な感情が湧き上がり、無意識のうちに王女の羞恥を煽るような言葉が口から出てしまう。

「そ、それは……あ、あぁっ……そんなこと言えませんわっ……」

お姫様は恥ずかしそうにそっぽを向くが、もう耳まで真っ赤になっていた。雪のように真っ白だった肌も上気し、汗のような甘酸っぱい芳香に包まれる。

「もしかして恥ずかしいですか？」

「あ、当たり前ですわっ！　そんなことを女性に言わせようとするなんてっ……」

羞恥のあまりに今にも泣き出しそうになっている王女に、これ以上意地悪をするのも気が引けた。

「ごめんなさい……ちょっと調子にのりすぎました」

「そうですわよ、わたくしにばかり恥ずかしい思いをさせて……ンンっ！」

まだ文句を言おうとしていた口をキスで強引にふさぐ。チュウチュウと音を立てて唇を吸い舌を絡め合わせると、ツリ上がっていた瞳は蕩けていく。

気を取り直し、少年は乳揉みをしていた片手をスッと下方へとずらしていった。

「ンむっ……そ、そこはっ……」

指先が胸から腹部へ、そして股間へと這っていく。ネグリジェの裾の奥のブラとお揃いの純白のショーツへとたどり着くと、王女の身体がビクンッと大きく跳ねる。

ぬちゃっ――。濃厚な接吻と乳愛撫で興奮していたのは少年だけではなかった。

盛り上がった恥丘はショーツの上からでも分かるくらいに濡れている。蜜をいっぱいに吸った股布は女陰に張りつき、ワレメの形まで浮かび上がっていた。

「すごい濡れてますね……」

「ち、違っ……そこは、ですから……きゃぅっ……」

王女の秘所は熱くて大量に分泌された愛液が指に絡みついてくる。にちゅにちゅという淫猥な水音と、股間を弄られたプリンセスの喘ぎ声が重なった。

「レアイナ様に感じてもらえるとボクも嬉しいです……」

指の次は舌が王女の身体を下っていく。

「あ、あぁっ……顔を近づけるなんて……ダ、ダメですわ！」

レアイナは少年の次の行動を察して慌てて脚を閉じようとするが、それよりも素早く身体を股間にねじ込ませる。生足が身体に巻きつき、左右から太股がムチッと顔を挟み込んだ。王女の秘部を間近で凝視し、愛液と汗の混ざったような濃い芳香と温かい体温に包まれる。

「もっと気持ちよくしてあげますね……」

薄布が食い込み蒸れた秘肉のはみ出した女陰にそっと指を押しつけた。ぷにっと吸いつく肉土手の感触は、乳房とはまた違う柔らかさをもつ触り心地だ。

「な、何だか手つきがいやらしいですわよっ……はぁ、あぁン……」

蜜を塗り広げるように指の腹でワレメをなぞると、すぐにショーツはグショ濡れになり顔を挟む太股が強張る。膣口を布越しに何度も擦られ、王女は必死に声を我慢しながら上半身をくねらせた。

「ひぃあぁぁぁっ！　そんなに強く、あ、ンぁっ……激しすぎますわっ……」

普段の高飛車なお姫様の姿は影を潜め、快感に身悶えする一人の少女と何も変わらない。悲鳴のような喘ぎ声が漏れて、少年に巻きついていた脚は徐々に力を失いベッドへと落ちる。

「レアイナ様……可愛いです……」

その言葉が不敬だということは分かっていたが、言わずにはいられなかった。

「わ、わたくしの顔など見なくていいっ……きゃうぅン！　ひ、ひゃうっ、そんなに擦られたら、感じてしまいますわっ……」

王女はすぐに上体を起こして反論しようとする。しかし秘裂の中心で硬くなっている部分を爪先で摘まれ、大きく背中を仰け反らせるようにしてベッドに沈んだ。黄金の髪が汗ばんだ頬や額に張りつき、肉悦に乱れる王女の痴態に思わず見蕩れてしまう。

「も、もうっ……指はいいですからっ、早く、そのっ……」

欲望と好奇心の赴くままに王女の身体を弄りまくってしまっていたが、切なげに叫んだレアイナの言葉にロウはハッと我に返った。

相手は本当は触れることすら許されない一国の王女様。これだけ好き放題にやっておきながら、いざその処女を奪うとなるとやはり尻込みしてしまう。

「あの……本当によろしいんですか？」

すでにペニスはズボンの中でギンギンに勃起し、憧れのお姫様との結合を今か今かと待ち望んでいる。それでも聞かずにはいられなかった。

「いいと言っていますでしょう!?　も、もう切なくて我慢できないんですのっ……」

これでもかと王女は言い放つ。色々と憂いや不安もあったが、愛する姫君の上気した顔を見ればそんなもの一瞬で吹き飛んでしまった。

「挿入れますよ……」

すぐさま服を脱ぎ捨て勃起した肉棒を取り出しレアイナに覆いかぶさる。天井に向かってそそり勃つ逸物を見た瞬間に、王女は小さく息を呑んだ。

しかし愛撫のおかげで全身に力が入らなくなっているらしく、ベッドに手足を投げ出したまま逸物をじっと見つめている。純白のショーツに手をかけると、王女は何も言わずに腰を浮かせてくれた。高飛車でワガママだとばかり思っていたレアイナの気遣いに少年の胸は熱くなる。

（これがレアイナ様の……おマ○コ……）

くるくると丸まったショーツが太股からふくらはぎ、足首へと通り抜けていく。

ついに露わになった王女の女陰はうっすらとした陰毛が恥丘を彩り、それでいて大淫唇はピタリと口を閉じている。無垢な乙女のように美しく上品で、大人の女性のようなフェロモンを併せ持つ秘裂は、蒸れた牝の香りを漂わせていた。

「あぁ……あ、あうぅぅっ……」

逸る気持ちを抑え男根の根元を固定して先端を膣口へとあてがうと、粘膜同士が触れあいレアイナが小さく声を漏らした。

「レ、レアイナ様っ……くっ、すごい締めつけっ……」

おそらく処女であるプリンセスを気遣いゆっくりと腰を送り出すと、限界まで勃起したペニスが膣口を押し広げ奥へと侵入していく。

しかし中は狭く想像を絶する抵抗の強さに、すぐに少年の動きが止まる。

「あひぃぃ、はひっ……中に、入ってきますわっ！」

少し先っぽが入っただけで王女の身体が大きく仰け反った。蜜をたっぷりと含んだ膣肉は侵入してきた亀頭を押し戻そうとするかのようにキツく締めつけてくる。

（と、とうとうレアイナ様とセックスしてるんだっ……‼）

憧れの王女と一つに繋がり歓喜で表情を緩めるロウとは対照的に破瓜の痛みでレアイナの顔は悲痛に歪む。余計な心配をかけまいとしているのか必死に声を殺しているが、ツリ目の端には涙の粒が滲んでいた。

ズブッ、ズリュ、ズリュゥウウゥッ――。

「ひぐっ！　い、痛いっ……」

ブチッという膜の破れる感触がしてペニスが肉壁を押し広げながら奥へと進み、ついに処女膜を引き裂き根元まで深々と突き刺さった。気丈に振舞ってきた王女の美貌が破瓜の痛みで歪んでいる。

「だ、大丈夫ですかっ……？」

慌てて少年が尋ねると、レアイナは両腕を首に回してギュッと抱きついてきた。

「わたくしは、大丈夫ですわ……だから、続けなさい……」

鼻先に吐息がかかるほど顔を近づけ、王女は声を搾り出した。

それは強がりだということくらい少年にだって分かる。しかし肉悦の味を知っている少年はもう興奮を抑えきれなくなっていた。

「じゃ、じゃあ……ゆっくり動きますね……」

腰を引き抜いていくと肉壁で亀頭が擦られ、挿入の時と変わらない強烈な締めつけが竿全体を襲った。緩やかなピストンを数回繰り返していると、レアイナは身体を強張らせつつも熱い吐息を漏らし始める。

「……っあ……あひぃ、あ、熱い……ですわぁ……」

狭すぎる膣壁も愛液と我慢汁のおかげで潤滑がよくなり、少しずつではあるがスムーズに抜き差しができるようになってきた。相変わらず抱き締められたままなので、腰だけを動かして処女肉を肉棒でかき回す。

「ふぅ、ンンっ……あは、ンぁ、うふぅぅぅっ……」

優しい摩擦を続けていると、ぎゅっと目を閉じて少年の責めを受け入れ始めていた王女の声色にも変化が現れる。痛みの他にも感情が湧き上がっているのかもしれない。

「レアイナ様の中が、気持ちよくって……うぅっ！」

しかし悠長に王女の反応を楽しんでいる余裕はなかった。初めは優しくゆっくりとした腰使いも、股間に広がる処女肉を貫く快感のせいでどんどん激しくなっている。

レアイナの痛みや快感に悶える貌を見ることができるのは、世界中で自分だけだと思うと優越感で胸が満たされ、さらに性欲はかき立てられる。

「ひゃう！　あっ、はぁ……な、何ですのっ、お腹が痺れてしまいますわ！」

女を犯す悦びに酔いしれる少年の腰の動きは速度を増し、ギンギンに膨らんだペニスが力強くえぐった。股間がぶつかりあい膣粘膜の擦れる音が寝室中に響く。

「ロ、ロウっ……あはぁ、はひっ……ンっ、はぁンっ……」

何度も激しく奥深くまで膣を貫かれ子宮を揺らされた王女は、声にならない悲鳴を上げる。金色の巻き毛がベッドの上に散らばり、熱を帯びた吐息を漏らし悶えていた。

「レアイナ様も、気持ちいいですかっ⁉」

胸の間に挟まれた巨乳が揺れ温かい柔らかさと硬く尖った乳首の感触を楽しみながら、さらに力いっぱいに抱き締める。この密着感が堪らなく心地いい。

「それはっ……んっ、わたくしは、別に……ひゃいぃっ‼」

ペニスを咥え込んだ結合部の間から愛液が溢れて互いの股間を濡らした。粘膜の擦れ合うズチュズチャという音が大きくなり、王女の声も甘い喘ぎへと変わりつつある。

不規則に蠢く肉ヒダの多い肉壁に包まれているだけで射精しそうなほど気持ちいいのに、熱くぬめる膣粘膜で肉棒を扱かれては我慢の限界もすぐにやってきそうだった。

「気持ちよくないなら、やめた方がいいですか？」

快感で征服欲を刺激された少年の頭に再び意地悪な考えが浮かぶ。

「ひぃあっ……はぁ、はぁぁンっ……そ、そんなこと言っていませんわっ……」

鼻にかかった喘ぎ声を漏らしていたお姫様の顔色が変わる。ツリ上がった目で切なげな視線を向け、イヤイヤと首を振った。予想を遥かに上回るリアクションが返ってきてロウの興奮はもはや最高潮だ。

「うっ、じゃあ……気持ちいいですね？」

「む、むぅ……はぁ、ンっ……どうして、そんなことを……」

拗ねたように顔を逸らす王女。しかし期待に満ちた少年の視線を浴び、恥ずかしそうに身体をくねらせながら観念したように叫ぶ。

「き、気持ちいいですわよっ！　ほら、これでいいでしょっ……はうンっ！」

レアイナも感じている。それを知っただけで一気に射精感は高まる。

（あぁ、もう最高っ！）

さらなる高みを目指して猛然と腰を振ると、レアイナの喘ぎ声のトーンも上がった。

「あっ、あン、きゃひぃぃぃっ……き、気持ちいい、ですわ！、ロウのが、感じて……お腹が、ひぃンっ、はうン‼」

膣奥に勃起男根をねじ込み、華奢な肢体を抱き締めているだけでも満足できず、半開きになっていた口に唇を押しつける。湧き上がる性欲を貪るように王女の舌を吸い、舐めて、絡み合わせながらも膣突きは緩めない。

「ぢゅっ、ちゅぶぅ……ロ、ロウぅぅ、もっとぉ……もっふぉ、キスしてぇ……む、むふぅ……ちゅぱ、ちゅるるっ……」

いつの間にかレアイナも自ら舌を動かし少年との口性交を求めてくる。互いの唾液を混ぜ合わせるような濃厚な接吻は、憧れの王女と一つに溶けてしまうような感覚を覚えてしまう。

「も、もう出ちゃいそうですっ！」

ラストスパートに入った少年は上体を起こし、左右に押し広げられていた両太股を抱き寄せてがっちりと固定する。そうすることで腰突きの一撃一撃が、さらに強い快感となって股間を貫いた。

「そ、それダメっ……イ、イクっ！　おかしくなってしまいますわっ!!」

パシンッと肌のぶつかる乾いた音が鳴るたびに、胸の上では自由になった乳肉がピストンの衝撃に合わせて前後左右へと激しく揺れ踊る。プリンセスの方は上半身を大きく仰け反らせ、アヘアへと喘ぐだけで焦点の定まっていない視線で必死に少年を見つめていた。

（ヤバイっ、我慢できないっ……）

完全に王女の顔は官能に溶け、少年の方も限界が迫っている。脳を揺さぶる快楽の刺激を我慢し続けていたら頭がおかしくなってしまいそうだ。

腰が震えて股間の奥から熱いものが込み上がってくる。膣粘膜とペニスを擦りつけ合わせるピストンは絶頂直前でさらに速度を増した。

「レアイナ様、すみませんっ……気持ちよすぎて、感じすぎて、あぁぁぁっ!!」

「ダメぇっ、乱暴にしてはダメですわっ！　感じすぎて、ひぃ、ひゃうンっ!!」

うねる細腰を捕まえ、さらに荒々しく肉棒を膣へと突き立てる。王女の汗ばんだ手足がガクガクと震え、悲鳴のような嬌声が腰の突き上げとシンクロした。

「ひゃぅぅぅぅぅンっ！　わたくし、気持ちよすぎてぇ……もうおかしく、なってしまいますのぉぉぉおぉぉっ!!」

咄嗟に王女は腰を抱く少年の腕を掴み、全身を痙攣させながら悶える。強張った太股が巻きついてきてがっちりと抱き締められ、肉壁も収縮を強めた。限界寸前のペニスにこの強烈な搾り上げを耐える余力など残っていない。

みっちりと密着した膣壷が過敏な逸物を包み込んで快感で満たした。

「でっ、出るっ！　出ちゃいますぅぅ――――ッ‼」

一気に駆け上がる欲望の塊。必死に我慢していたが、ついに限界だった。

――どびゅぶぶッ！　どっびゅ、びゅるるっ、ぶびゅるるびゅびゅうぅぅぅッ‼

凄まじい勢いで噴出する射精が子宮口を直撃した。

「きゃひぃぃ！　で、出てますわっ、奥にいっぱひぃぃぃぃ――――ッ‼」

あっという間に蜜壷をスペルマゼリーが満たし、結合部からドロリと溢れ出てくる。

（あぁっ、気持ちよすぎて止まらないぃぃっ！）

一緒に絶頂へと達したレアイナの膣壁は、牡の精を搾り取るかのように収縮を繰り返し蠢いた。精液を撃ち込むたびに激しい快楽が全身を走り抜ける。

「はぁぁっ……熱い……わたくしの中に……はぁぁ、あぁン……」

綺麗にセットされていた美しいブロンドの縦ロールは無残にベッドに散らばり、汗のせいで髪の張りついたうなじが色っぽい。

「い、いっぱい出しましたわね……はふぅ……」

射精を終えるとドッと脱力して王女の身体へと崩れ落ちる。

レアイナは少年を抱き締めながらうっとりとした表情を浮かべ、大きく熱っぽい溜め息を吐いた。

（レアイナ様とセックスしちゃった……）

ムッと香る二人の体臭が全身を包み込んだが、今はそんな些細なことなど気にならなかった。胸板に心地よい乳房の感触と、王女の鼓動が伝わってくる。

数日前まで憧れではあったが緊張してしまう相手に、こうして抱かれているだけで不思議と安心感が胸を満たした。ロウもレアイナも自然に互いの手を手繰《たぐ》り寄せ、ぎゅっと握り締め、ゆっくりと呼吸を整えながら幸せな気分に浸っている。


「も、申し訳ございませんっ！　レアイナ様っ!!」

ふと我に返った少年騎士は慌ててベッドから飛び降りてひれ伏した。王女の処女を乱暴に散らせただけでなく、何と膣出しまでしてしまったのだ。

「何を謝っていますの……？」

太股には破瓜の証である赤い筋が伝い、膣口からシーツにこぼれた精液は血のせいでピンク色になっていた。

「ですから、レアイナ様に大変な無礼を……」

「わたくしが抱きなさいと言ったのだから、アナタは気にしなくていいですわ！」

プリンセスはまだ何か言おうとする少年の腕を掴んでベッドに引っ張り上げる。

「そ・れ・よ・り・ずいぶんとまあ、わたくしに恥ずかしいことばかり言わせてくれましたわね……」

強引にベッドに寝かせられ、腕には王女が自慢の胸を押しつけるようにしがみついてきた。そして拗ねたようにジト目で見つめてくる。

「あ、あれはレアイナ様が可愛くて、ついっ……申し訳ありません！」

「だから謝らなくていいと言ってますでしょう。それから二人っきりの時はもうレアイナとお呼びなさい……」

「え、ど、どうしていきなり……そんな無礼なことできません……」

突然の要求に少年は慌てた。しかし王女は頬を染め、もじもじと内股を脚に擦りつけながら続ける。

「ロウはわたくしのナイトになったのですから、これくらい当然ですわ……」

「え？　ボクは初めからレアイナ様の護衛騎士ですけど……？」

「そういう意味ではなくて！　もう、いいですわっ……」

言葉の真意が分からず首を傾げると、お姫様は頬を膨らませてしまう。改めてレアイナはこんなにも表情豊かだったのかと驚かされる。

「フンっ、怪我人なのですからさっさと寝なさいっ……」

そう言いながらもロウに包帯をしていない反対の腕で腕枕をさせ、胸に顔を寄せ全身を絡めてきた。

（レアイナ様、寝ちゃった……）

そしてすやすやと寝息を立てるお姫様の顔を見つめながら、ロウも眠りについた。

第五章　愛してお姫様

「はぁ……レアイナ様……」

長く王女に仕え、彼女がどんなワガママなことを言い出しても、穏やかな表情でニッコリと微笑んでいたメイド長もさすがに溜め息をついた。

「あら、ディアナ。どうかしましたかしら？」

不思議そうに首を傾げるレアイナはメイドの言葉を特に気にした様子もない。

「ロウ様……これはどういうことですか……？」

「い、いや……えっと……」

聡明な侍女頭は主君では埒《らち》が明かないと判断して追及の相手を変える。しかし話を振られた少年もディアナに状況を説明できなかった。

「はぁ……まったく……」

頬に手を当てて困ったような表情を浮かべたメイドはもう一度深い溜め息をつく。

命がけで王女を守り、身体と心を重ねたあの日から城での生活が一変した。

「はい、ロウ。あ〜ん」

「あ、あ〜ん……」

満面の笑みを浮かべたレアイナが切り分けたステーキを口元へと差し出してくる。

（う、嬉しいんだけど……うっ、ディアナさんすっごい見てる……）

毎日の恒例行事となっているレアイナとの一緒の食事。恥ずかしかったがやっぱり嬉しくてロウは差し出されたお肉を頬張った。

「ふふ……美味しそうに食べますわね。ねえ、ロウ。食後は散歩に出かけて、その後は湯浴みをしましょう」

しかもお風呂まで常に一緒に入ってくれる。最近ではただ背中を流すだけでなく、自慢のバストを使った乳スポンジのテクニックまで披露し始めた。レアイナのお風呂でのエッチな奉仕を思い出し、食事中なのにもかかわらず性欲もムクムクと大きくなる。

食事を終えて廊下に出ると王女は少年の腕を抱くように身体を密着させ、しっかりと貝殻式に手を繋いでふわふわとした金色の髪を肩に乗せている。

「レアイナ様……ロウ様のことが大好きなのは存じておりますが、いくらなんでもやりすぎではないでしょうか……？」

メイド達の視線を気にした様子もなくベタベタとする二人を見つめ、ディアナは呆れたように溜め息をつく。

「な、大好きとかそういうことではなく……その、ロウがまた悪漢に襲われたら大変だから側にいろと、うるさいから仕方なくこうしているんですわ」

「……ボクは別に……」

プリンセスの身体を張った献身的な介護のおかげもあり、怪我も体調の方もすっかりよくなりつつあるが、相変わらずレアイナはロウから離れようとしない。

今もその姿は王女と騎士とはおおよそかけ離れた光景だった。どちらかと言えば頭に「バカ」がつくカップル達がイチャついていると思った方がしっくりくる。

「もう……レアイナ様ったら……」

先の一件でレアイナの命を狙う輩は大方捕まっているので、城内でそこまで身の危険を心配する必要もなかった。

つまり結局は王女が何か理由をつけてロウと一緒にいたいだけなのである。

「ちょっと、まさかわたくしと腕を組むのが嫌なんですの？」

ムッと口を尖らせお得意のツリ目での上目遣い。そんな風に言われては、反論などできるはずもない。

「そ、そんなことはありませんけど……」

「ならば問題ありませんわ」

再び笑顔で身体を密着させてくるレアイナ。こんな感じで四六時中いつでも王女が側にいるので、前から少年に好意を寄せていた女達が近づく暇もない。

「もう……困りましたね……」

目の前のディアナを始めカレンやミリアンヌは特にこの状況に頭を悩ませているのだが、相手が王女である以上意見することもできない。

「さあ、行きますわよ、ロウ」

少年に夢中になっているお姫様は、上機嫌で朝の散歩を再開した。

「あひぃ……イクぅ、イってしまいますわっ……きゃふぅぅぅぅっ‼」

王宮の中庭に甲高い嬌声が響き渡る。木の陰で王女と少年騎士は立ちバックの体位で激しく互いの身体を貪っていた。

「うっ、ちょっ……レ、レアイナ様……声が大きいっ……」

少年は慌てて辺りを窺うが、腰の動きは止まらない。大きな木に手をつきお尻を突き出したプリンセスの細腰を両手で固定し、つい先日まで処女だった膣肉を猛る肉棒で擦り上げる。

「ンはぁぁっ……いぃんっ、もう、イッてしまいますわっ‼」

「う、あっ！　ボクも……ダメ、出ますっ！」

限界寸前のロウは背後から黄金の髪を振り乱している王女を抱き締め、ピストンをするたびにぷるんぷるんと揺れるドレスの胸元から露出した大きな乳房を鷲掴みにした。

「あぁっぁぁっ‼　出るぅぅぅぅ――――っ！」

「ひぁ、な、中にっ……いっぱい出てますわぁぁ……ひぃあぁぁあぁぁぁンっ‼」

二人とも腰を震わせ、煮えたぎるスペルマが一気に王女の膣に吐き出される。

（あぁっ……気持ちいい……）

誰に見られているか分からない庭園内で、王女と少年は絶頂の快感に身を委ねたまま余韻に浸っていた。

「もう、ロウったら……こんなところでまでわたくしを求めてくるなんて……本当に困ったナイトですわね」

恍惚とした表情を浮かべたままプリンセスが悪戯っぽく少年を責める。

「そ、それは……レアイナ様が胸とかを……」

「レ・ア・イ・ナっ！　それにわたくしのせいですの？」

「うっ……はい、ボクのせいです……」

いつものように散歩をしているだけだったのに、王女が必要以上に胸を押しつけたり身体を擦りつけてくるせいで我慢できなくなってしまい、野外だというのに激しくレアイナを求めてしまった。こんな姿を誰かに見られたら大騒ぎどころではない。

「……もう、ロウ……そんなことより、最後はキスぅ……」

早く撤収しようとする少年に王女は首を伸ばして接吻をねだる。その姿が可愛くて結局結合したまま木陰で唇を重ねようとした時だった。

「あぁ〜〜〜っ！　お姉様とロウさんっ‼」

「……へ、変な声がしたと思ったら……」

甘い空気に浸っていた二人は突然に背後から大声を浴びせられ、ぎょっとして振り返る。

そこにいたのは口に手を当て驚きのあまりに硬直しているミリアンヌとカレン。

「きゃっ！」

「げっ……アン様に、カレン……」

少年は慌ててズボンをはく。レアイナもいそいそと乱れた胸元を直そうとしているが、ドロリと膣から逆流した精液が太股に滴り落ちてきて足元をふらつかせた。

「大丈夫ですか、レアイナ様……」

「あぁ、ンっ……だ、大丈夫ですわ！　それよりもあなた達、覗きなんて趣味が悪いですわよっ」

妹やメイドにセックスを見られた王女は体裁を気にしてか、甘ったるい声色を封印して堂々と胸を張る。

「覗きって……こんなところでセックスしてるお姉様が悪いんですよ」

図星を突かれて一瞬口ごもるが、勝気なレアイナは顔を真っ赤にしながらも自慢の巨乳を抱くように腕を組み言い放つ。

「ロ、ロウがどうしてもわたくしとエッチしたいと言うから、仕方なく付き合ってあげたんですわ」

「えぇっ、そんなっ……」

責任を全て押しつけられた少年騎士は慌てて否定しようとするが、ジッと宝石のように大きな瞳のツリ目が睨んでくる。何も言えなくなっていると、沈黙を肯定と判断されたのか今度は非難がロウに集中した。

「本当ですか、ロウさん！」

「そうよ、ロウったらこんなところで……何考えてんのよ‼」

少年に好意を寄せる少女達からすれば、自分達の相手をせずレアイナとばかりエッチしていることが気にくわないのだ。

「ちょっとそこのアナタ！　カレンでしたっけ？　わたくしのロウを馴れ馴れしく呼び捨てにしないでくださる？」

詰め寄ってくる妹姫とメイドの間に何とレアイナが割り込んできた。そして高貴で自信に満ちた視線で二人を威圧する。

「わ、私はロウとは幼馴染みですから、昔からこの呼び方をしています」

はっきりとした主従関係があるため、カレンは言葉を選んで反論するというより説明するような言い方をした。しかしその表情は一歩も譲らないとばかりに正面から王女を見据える。

「お姉様ったらロウさんを独り占めばっかりでズルイですよ」

唯一対等ではないにしろレアイナに意見できるミリアンヌが、多くのメイドやカレンの本音を代弁した。

「独り占めも何も、元々ロウはわたくしのナイトなのですから問題ありませんわ」

出会った頃はそのナイトのことを認めないと言っていたことを棚に上げ、レアイナは少年の腕を抱き締めて二人に見せつける。

「お姉様、前はロウさんのこと嫌いって言ってたじゃないですかー」

「そ、それにロウは私のこと好きって言ってくれました！　ロウの気持ちだって尊重してもいいと思いますっ……」

前から少年に積極的に好意を寄せ、エッチな関係になっているミリアンヌやカレンからすればレアイナの言い分を納得できるはずもない。ワガママで自己中な王女に批判は集中するが、生憎《あいにく》これしきのことで怯むような性格ではなかった。

「き、嫌いなどとは言ってませんわ！　それにロウは命がけでわたくしを守ってくれるくらい、わたくしのことが好きなんですわ」

ね、そうですわよね？　と同意を求めてくる視線。

「え……えっと、あはは……」

完全に置いてけぼりをくらっていた少年は急に話を振られ、苦笑いを浮かべながら曖昧な返事をするしかなかった。

「はぁ……やっぱりロウさんってすごかったんですね……私のナイトになって欲しかったです……」

「……ロ、ロウは本当に、もう私のことなんてどうでもいいの⁉」

「どうでもいいってことはないよ！　で、でも……」

正直、エッチまでしておきながら今はレアイナに夢中になってしまい、彼女達に申し訳ないとは思っている。

「オーホホホ、女の嫉妬は恐ろしいですわね。さあ、ロウ、もう行きますわよ」

ただ高嶺の花だとばかり思っていたレアイナと心を通わすことができて、触れあっているうちにどんどんと彼女の存在が大きくなっているのも事実だった。

(ゴメン……)

結局少年は憧れの王女と一緒に庭園を後にする。あのレアイナが全身からハートマークを飛ばしながら少年の腕に抱きつき歩いている後ろ姿を、妹姫とメイドが引きつった笑顔を浮かべながら見つめていた。

「ロウ……ンン～、ちゅうぅぅっ……」

今日もプリンセスはお気に入りの少年騎士にベッタリと甘えている。数週間前までは寝室に入ることすらあまり許してもらえなかったのに、今やベッドの上で抱き合い唇を重ねていた。

「ドレスがシワになってしまいますよ……」

「そんなこと、どうだっていいですわ。ほら、もっとわたくしを抱き締めなさい」

命をも省みぬ決死の行動が、ワガママでへそ曲がりの王女を同世代の少女のように恋する乙女へと変えたのだ。

「むぅ、何か考え事ですの？」

「……え？　いや、そんなことないですよ……」

胸に顔を擦りつけてくるお姫様のふわふわとした巻き毛を指で弄りながら少年は答えた。

くすぐったそうに目を細めていたが、なおも追及してくる。

「そ、そんなことで誤魔化されませんわよっ……今、わたくしのこと以外のことを考えていたでしょう？」

少年の微妙な表情の変化をレアイナは見逃さなかった。

キスで甘々に蕩けていた表情がたちまち高飛車な王女のものへと戻る。しかし以前と違うのはそのツリ目には明らかに嫉妬の情を孕んでいることだ。

「正直に言いなさい！　内容によっては怒りますけど、もしも言わないなら今すぐ怒りますわよっ!!」

簡単に考えを見透かされるとは王女の洞察力というか乙女パワーに驚かされる。

「えっと……アン様やカレンのことなんですけど……」

言い逃れできないと判断したロウは恐る恐る話しだしたが、その二人の名が出た瞬間に王女がご機嫌ナナメになってしまった。

「まさかロウ……やっぱりわたくしではなくて、あの子達の方が好きだとでも言いたいんですの!?」

「い、いや、あのですね……みんなボクによくしてくれてたのに、最近ずっと無視してるみたいで心苦しいと言うか……」

レアイナのことが好きなのは大前提。しかし初体験の相手であるディアナや処女を捧げてくれたカレンに、お尻の処女を散らしてしまったミリアンヌ達のことが気にならないかといえばウソになる。

高飛車王女と結ばれて以来彼女達とは一回もセックスをしていないのに、その目の前でイチャついてばかりなのでかなり罪悪感があった。

「わたくしのことだけ見つめ……」

ムッと顔を顰めたお姫様がギュッとしがみついてきた時、突然寝室のドアが開け放たれる。

「やっぱり、ロウさんは優しいですっ！」

抱き合う男女が慌てて振り返った視線の先にいたのは、幼さの残る顔にいっぱいの笑顔を浮かべたミリアンヌだった。しかもその後ろにはディアナとカレンもいる。

「ええっ、アン様っ……⁉　それに二人とも……なんでっ……」

「あ、アナタ達！　ここは寝室ですわよ‼」

またしても秘め事の真っ最中に乱入された王女は金切り声を上げた。しかしミリアンヌが姉姫の叫び声など気にした様子もなく、とてとてっと走ってきてベッドに飛び乗り抱きついてくる。

「エへ、アンのことを嫌いになったわけではなかったんですね～」

嬉しそうにロウの首に腕を回し、今にもキスができそうなほど顔を近づけてきて微笑んだ。見る者の心を温かくする天使の笑みにつられて表情が緩みそうになるが、レアイナの手前なので露骨なリアクションを取ると後が恐い。

「何してるんですの、アンっ！　早く離れなさいっ!!」

レアイナも着衣の乱れを直すよりも、この男は自分のものだと主張せんばかりにきつく抱きついてくる。

「もうっ……私も嫌われちゃったのかと思っちゃったじゃないのよっ……ちゅっ」

「え、カ、カレンっ……!?　うぐっ……」

おもちゃを取り合うかのようにロウを挟んで身体を密着させていた姉妹の隙をつき、カレンまでベッドによじのぼり抱きついてきた。

「ア、アナタっ！　わたくしのロウになんてことを～～～っ!!」

「カレンったらズルイっ！　ロウさん、私とキスしてください」

「こらっ！　二人ともロウから離れなさいッ!!」

切れ長の眉をツリ上げ怒る王女にお構いなく、二人は交互に少年と接吻を交わしては嬉しそうに身体に抱きついてくる。それを見たレアイナがそれはもう顔を真っ赤に染めて叫ぶ。

「レアイナ様、この者達もロウ様のことが大好きなのですよ。そしてレアイナ様とロウ様の仲を応援したいのです」

おっとりとした口調で説明しながらディアナも近づいてきた。そして両頬に指が触れたと思ったら、穏やかな美貌が迫ってきてキスをされる。

「ウソおっしゃい！　あ、ディアナまで!!」

ついに四人の美女美少女に囲まれ、少年は完全に身動きができなくなった。しかもみんなの髪の甘い香りや香水のような香りも漂い、心臓の鼓動が一気に激しくなる。

腕や背中に押しつけられる柔らかい様々なサイズの乳房の感触に反応して、股間が反応してペニスがムクムクと硬くなっていた。

「そんな、ウソではありませんわ。レアイナ様とロウ様のために夜伽の指南をさせていただこうと思いまして……」

「い、いらないですわよ、そんなもの！」

「では、レアイナ様はお口でご奉仕をしてあげたことがありますか？」

「……っ⁉　そ、それはっ……」

強気な王女が口ごもる。

確かに何度もセックスはしたが、口でしてもらったことはなかった。

「私はしてあげたことありますよ」

「アンもしてあげましたー」

「なっ……うっ、うそですわ……」

ミリアンヌとカレンが自慢げに宣言すると、負けず嫌いなレアイナはやり場のない敗北感を込めてキッと少年を睨みつける。

「怒らないでください、レアイナ様。もっとロウ様に気持ちよくなっていただいて喜んでもらいたくないですか？　アン様もカレンもそのお手伝いをしに来たのですよ」

「……そ、それは……わ、分かりましたわよ……」

プライドの高い性格のお姫様もディアナにかかると結局は上手く丸め込まれて頷いてしまう。

「やった！　アンもいっぱい舐めてあげます〜」

「私だって、気持ちよくしてあげるわよ……」

「ちょ、ちょっと待って、二人とも……あぁっ！」

久々の少年とのエッチに心を躍らせるアンとカレンが素早く少年の服を脱がせようとする。抵抗も空しくズボンごと下着をズリ下ろされ、シャツも剥ぎ取られてしまう。

「あっ、お待ちなさい！　わたくしが一番にしてあげるんですの！」

「えー、お姉様ったらズルイんだからー」

不満を口にする恋敵を押しのけ股間を覗き込んでくるレアイナだが、ギンギンに勃起したペニスを見つめたまま硬直していた。勢いで一番手を名乗り出たものの、フェラチオをしたことがない王女はどうしていいかわからないようだ。

「フフ……レアイナ様、キスをするように優しく口付けてくださいませ」

横からディアナが逸物の根元を掴み、亀頭を王女の方へと向ける。先ほどの言葉通りレアイナに口奉仕の手ほどきを始めた。

「わ、分かりましたわ……」

王女は頬を赤らめつつ平静を装いながら侍女頭の指示に頷く。勃起したペニス越しにレアイナの美顔を見つめるという光景が新鮮で、やけに興奮を感じてしまう。

「キャッ、う、動きましたわっ……」

上品で高飛車なお姫様の視線を浴びた男根は肉悦への期待でヒクついてしまい、顔を近づけようとしていた王女はらしくない可愛らしい悲鳴を上げた。

「あの、レアイナ様……無理しなくても……」

「……無理などしていませんわっ！」

ロウにしか聞かれたことのない甘い声を妹やメイドにまで聞かれ、レアイナは必死に取り繕うが動揺しているのはバレバレだった。しかし天邪鬼の彼女は周りから心配をされると意地を張ってしまう性格なので、股間から離れようとしない。

「さっきからお姉様のことばっかり……アンのことも気にして欲しいです……」

「そうよ、私だってロウのこと好きなのに、全然相手してくれないしっ……」

突然フェラチオをすることになった王女の心配ばかりしていると、ミリアンヌとカレンが不満げに顔を近づけてきてキスをされる。

「うわっ……二人と、も……ンンっ⁉」

激しいキスの勢いでベッドに圧し倒されてしまう。まずは童顔姫が薄い舌を懸命に伸ばして、クチュクチュと吸いついてきた。さらにその横からカレンに唾液でたっぷりと濡れた舌粘膜で唇を舐められる。

「ちょっと、勝手なことをっ……」

「あら、お舐めにならないなら、私が頂いてもよろしいでしょうか？」

「うっ……ダメですわ……」

妹達を止めようと身を乗り出したが、ニッコリと微笑むディアナの言葉で再び股間へと顔を埋めた。しかしキスをされている少年のことが気になって仕方ないようだ。嫉妬の色に染まった瞳は勃起した肉棒と口性交の様子を交互に見つめている。

「えへへ、久しぶりにロウさんとちゅーしました」

「何よー、デレデレしちゃって……節操なしのロウには、こうしてあげる……」

嬉しそうに微笑むミリアンヌは腕にしがみつき、なだらかな胸の膨らみと彼女の体温が伝わってきた。つい表情が緩んでいたところに幼馴染みの視線が突き刺さる。そして彼女は舌を唇から首筋、鎖骨へと降下させていく。

「うっ……ひゃっ、カレンそこはっ……」

胸板を伝う軟体物は予想通り色白の少年の身体で唯一ピンク色をした箇所へとたどり着いた。乳首を舐められた瞬間にその辺りがじりじりと痺れ、不思議な刺激に思わず声が漏れてしまう。しかも反対の乳首まで指先で弄られ、舌とはまた違う感覚に身体は翻弄されかけていた。

「うぅ、また動きましたわっ……」

美少女の匂いに包まれながらディープキスに乳首責めと興奮は高まるばかりで、いまだに刺激のない股間の逸物が切なげに身を震わせる。

「うふふ……レアイナ様に早く舐めて欲しいって言ってるみたいで可愛いですね」

「か、可愛いっ……そ、そうですわね……」

セックスは毎日のようにしていたが、逸物を正面からまじまじと見つめるのは初めてのことだ。メイドの手輪の中でヒクつく肉勃起を見つめて、王女は引きつった笑みを浮かべる。

しかし妹達にキスや乳首責めを受けて悶えている少年の姿に、レアイナの嫉妬心はメラメラと燃え上がっていた。今だって天井に向かってそそり勃つペニスは、ミリアンヌやカレンの手や舌の動きに合わせて小刻みに震えている。

「い、いきますわよ……これくらい簡単ですわっ……」

意を決したようにテカテカの亀頭にチュッと口付けをした。左右から抱きついてくるロリ王女とメイド娘の愛撫に夢中になっていた意識が瞬時に下半身へと向かう。

「……ちゅばっ、う、うそっ、レアイナ様……」

驚いて上体を起こそうとしたが、紅髪の少女の顔が視界をふさぐ。そして両頬に手を沿えて熱烈な接吻で少年の頭をベッドへと押し戻した。

「それでは次にこの筋になっている部分に沿って舐めてみてください」

「こう……ですの……？」

恐る恐る舌を伸ばしたレアイナは裏筋を根元から先端へと向かって一舐めする。

ぴちゅぅ、ちろろッ――。

「うひゃっ⁉」

股間に電流のような衝撃が走った。あのプライドの高いお姫様が滑稽なほどビンビンに勃起し、先端からは先汁を滲ませ始めている肉棒を舐めている。カレンとキスを交わしながら横目でその信じられない光景に見とれていた。

「ふふ……では、次はこうやって……」

「ちゅむ……あぁ、何をっ……」

ハラリと揺れた髪を耳にかけながらディアナも肉棒に顔を寄せてくる。舌先でチロチロと根元の辺りを舐められてもどかしい刺激に腰を震わせていると、亀頭をすっぽりと生温かい口内粘膜が包み込んだ。

「ディアナさんまでっ……うっ、アン様、乳首ばかり舐めないでくださいっ……」

少年の意外な弱点を発見した妹姫は嬉しそうにその部分ばかり責め続けていた。しかもレアイナの初々しいフェラで焦らされていた肉棒をねっとりとした舌と唇でしゃぶられ、急激な快感に襲われ腰がビクッと跳ねる。

全身を美女の体臭と温かさに抱かれ、牡の本能を刺激され興奮が沸騰したマグマのように沸き立ってきた。

「ちゅぷっ、じゅっ……きもひいい、れすふぁ……？」

目尻の下がった優しい目元をさらに細めたメイド長が、ぬっぷぬっぷと唇で先端を扱きながら尋ねてくる。肉棒を咥えたまましゃべったせいで舌が敏感な小孔を穿《ほじ》り、熱い吐息がカリをくすぐった。

「……ちゅる……わたくしが舐めてあげているのだから、気持ちいいに決まっていますわよねっ？」

教えられた通りに金髪の巻き毛を揺らしながら必死に肉幹を舐めていたお姫様も顔を上げて上目遣いに見つめてくる。

「き、気持ちいいっ……気持ちいいですっ……」

少年がコクコクと頷くと侍女頭とお姫様は嬉しそうに頬を染めた。

「ほら、ディアナばかり舐めてズルイですわよ、わたくしにもさせなさい……」

「では一緒にロウ様を気持ちよくして差し上げましょう……」

小さな呻き声を漏らしているロウの姿に気をよくしたのか、レアイナは先ほどまで尻込みしていたのに積極的にフェラに参加してくる。ディアナは咥え込んでいた亀頭を吐き出して王女に譲った。

ぺろっ、じゅぷぷぅぅ……ちゅぱっ、ぢゅうぢゅぷぅぅ……。

血管の浮かび上がった肉棒の表面を二枚の舌が唾液を塗り広げるように行き来し、異なる感触の粘膜で同時に舐められ先端から我慢汁が溢れてくる。

「もう、ロウったらレアイナ様とディアナさんのことばっかり考えてる……」

下半身に力を込めようとしてもカレンにディープキスで口内を舐めしゃぶられ、舌から蕩けてしまいそうな快感に思考は麻痺していく。

「エヘへ……でも、ロウさんのここ、コリコリってしててておもしろい……」

「うっ……もう、射精しそうになってきた……」

ミリアンヌが新たな性感帯を見つけようと首筋や耳たぶなど子猫のように全身を舐め回すせいで、逆に手足にはどんどん力が入らなくなってくる。しかもその間ずっと乳首を弄り続けているせいで、すっかりと硬く尖ってしまっていた。

(気持ちいいけど、恥ずかしいよぉ……)

「あらあら、ロウ様ったら……これからが本番ですよ」

身悶えしている少年を見つめ微笑んだ侍女頭は、ブラウスのボタンを外し始めた。

「ディアナ、何をするつもりですの……？」

上品でシックなデザインのメイド服の胸元がハラリとはだけて、雪のように白い乳肌と深い乳峡谷が覗く。その姿をレアイナもペニスから口を離して注目した。

「レアイナ様。殿方にご奉仕して喜んでいただくには、やはり胸でご奉仕ですわ」

「む、胸で……？　本当にそんなことをするんですの？」

「ええ、このように胸で挟んで差し上げると、ロウ様もとてもお喜びになりますよ」

ディアナは掌に収まりきらない爆乳を持ち上げるように寄せてアピールする。少年の視線はぷるんっと揺れ、さらに谷間が深くなった乳房に釘付けだった。

「どうやらそのようですわね……」

露骨に嬉しそうな顔をしているロウを見てお姫様は納得したようだ。

「むぅ……ディアナ、それ私できない……」

「そ、そうですよ、私もディアナ様やレアイナ様ほど大きくないし……」

乳奉仕が男を一番喜ばせるというメイド長の言葉に王女は表情を暗くする。同年代の平均よりも大きいカレンでさえ、爆乳サイズの二人を前に悲しそうに自分の胸を見つめていた。

「アン様、勘違いしないでください。胸を使ったご奉仕で大切なのは大きさではなく、その殿方に喜んでもらいたいという気持ちです」

優しい口調で語りかける年長者に、少女達は口々に少年への想いを訴える。

「それならアンだってお姉様にも負けません！」

「私も、ロウのこと大好きですっ!!」

「な、何を勝手なことをっ……!?」

「ではその気持ちを込めて、ロウ様の身体に胸を擦りつけてみてください。ほら、カレンも腕を挟んで差し上げなさい」

ディアナに言われた通り妹姫は少年の胸元に、幼馴染みは腕に自分の胸を押しつけてきた。

「うっ……あ、ちょっとっ……」

覆いかぶさるようにして胸を必死に擦りつけてくるミリアンヌ。布越しではあるがかすかな膨らみの感触と体温が、そして何より気持ちよくなって欲しいという一途な想いが痛いくらいに伝わってくる。

ディアナのものとは違い、元から胸元の開いたメイド服から覗くミルク色の乳肉が腕を挟み、まるでパイズリをするかのように上下に動く。カレンの若さ溢れる弾力に満ちた乳房の心地よい柔らかさに心臓の鼓動が一気に激しくなった。

「さあ、レアイナ様。私達も負けていられませんよ」

まさに効果はてき面。メイド長の言うように、胸を擦りつけられたロウの逸物はビクンビクンと激しく跳ねて興奮を物語っている。

「そ、そうですわね……アンに負けていられませんわっ……」

妹姫やメイドに胸を押しつけられて嬉しそうにしている少年の顔を見て、レアイナも対抗心を刺激されたようだ。少し躊躇っていたがドレスの胸元をはだけて自慢の乳房を露出させる。

「まあロウ様ったら……そんなに見つめられたら恥ずかしいですよ……」

食い入るような視線を胸に浴びてメイド長は恥ずかしそうに腰をくねらせながらも、片手を背中に回して大人っぽい薄パープルのブラジャーのホックに指をかけた。

パチン——と音が鳴る。反対の手で押さえていたが、ベルトが解けて密着していたカップがずれて下乳の丸みが視界に入った。ずり落ちかけた瞬間に一瞬だけ、ピンク色の部分が見えた気がして鼓動が期待で跳ね上がる。

男の情欲を煽るような焦れったい脱ぎ方をする侍女頭に視線は釘付けだった。

「ほら、わたくしの胸……好きでしょうっ……」

現金な少年の興味を引くためにレアイナも上品な薔薇の刺繍入りのブラのカップをずらしていく。華奢な身体つきなのにたわわに実った双乳の中心でぷっくりと膨らんだ薄桃色の部分が露わになった。

「レアイナ様……」

誘うようにとは言いにくいぎこちない動きながら邪魔な下着は取り払われる。メイド長に対抗しようと勢いで脱いだものの、乳首を少年だけでなくメイドや妹に見られているので恥ずかしいようだ。

それでも羞恥に耐えるように胸を張る王女のいじらしい姿に新たな興奮を覚える。

「ふふ……では、失礼いたします……」

むにゅぅぅぅッ……むに、むにゅ、むにゅにゅっ……。

レアイナの乳房に気を取られていると、不意に股間が温かなマシュマロに包まれたかのような感覚に襲われた。

「あうっ、くぅ……」

ディアナの爆乳でペニスを挟まれ、思わず呻き声を上げてしまう。

「わたくしだって、それくらい……」

天を突くように勃起した肉棒を挟み込む侍女頭のおっぱいに、王女も自分の乳房を押しつけた。ゴム鞠のように弾んだ二人の乳肉がむにゅりと潰れて、逸物を完全に埋めてしまう。

「す、すごいっ……レアイナ様と、ディアナさんのおっぱいが……」

包まれているだけで射精してしまいそうなほどダブルパイズリの感触は心地よく、思わず腰が浮きそうになった。

「何よ、私だって胸でしてあげてるのにっ……」

「そんなにおっぱいが好きなら、アンもしてあげますー」

生乳の方が少年はもっと喜ぶと気づいたロリ王女はドレスの胸元をずらして、可愛らしい胸の膨らみを見せつけてくる。主君の大胆な行動につられてカレンまでもがメイド服から瑞々しく健康的な肌色の乳肉を取り出した。

「ちょっと、みんなっ……あぁっ、おっぱいが……」

異なるサイズと柔らかさを持つ乳房が顔や腕に押しつけられる。まるで全身をおっぱいに包まれているような幸せな感覚に、ペニスは痛いくらいに勃起し我慢汁を滴らせながら乳肉の中で震えていた。

「ふふ……いかがですか、ロウ様……」

たっぷりとした重量感のある乳房をゆさゆさと揺らし、窒息しかかっているペニスを扱きながらディアナが問いかける。いつものように優しい顔をしているが頬は赤く、声色も熱を帯びて妙に色っぽい。

「ンふぅ、胸が熱くなってますわ……」

ぐにゃぐにゃと形を変える乳房を巧みに操りペニスへ擦りつけるメイド長とは反対に、レアイナは慣れない乳奉仕に悪戦苦闘している。しかしあのプライドの高く高飛車なお姫様が自らおっぱいで逸物を扱き、一生懸命に乳房を揺らしている姿に情欲をかき立てられないはずがない。

「そんなに強く擦られたら、うあぁっ……」

汗ばんだ乳肌はなめらかにペニスの表面を擦り、幸せな乳圧に勃起男根が喘ぐ。先端から溢れた先汁を搦め捕り乳肉はさらに強く上下に揺れた。

むにゅ、むにゅっ、むにゅるる……にゅむ、むにゅぅぅ〜〜〜。

パンパンに膨らんだカリや裏筋など敏感な箇所はもちろん、ペニス全体に柔らかな乳感が吸いつくように密着してくる。太股や股間に弾んだ乳房が当たり、股間全体で二人のおっぱいを感じた。

「お姉様とディアナすごい……けど、ちょっと悔しいです……」

「アン様、普通はあんなことできません」

ダブルパイズリの快感に夢中になっている少年は口を無意味に開閉させて荒い呼吸を繰り返している。大きさも形の美しさも兼ね備えた爆乳が踊る大迫力の乳奉仕に、ミリアンヌやカレンまで息を呑んで見つめていた。

「ふ、普通じゃないとは、ンふっ……どういうこと、ですのっ……」

いつしかレアイナの額には汗が滲み、乳を揺らすたびに唇からは熱っぽい吐息が漏れている。

「ふふ、レアイナ様、余所見している場合ではないですよ……」

こちらも顔を火照らせたメイドがぽってりとした唇から舌を伸ばし、たら〜っと乳肉の間に唾液を垂らした。そのエロティックな仕草があまりにもおっとりとした普段とギャップがありすぎて、思わず興奮で腰が跳ねる。

「きゃっ……暴れないの！　何をするつもりですの……？」

水気を増した乳ズリはビチャビチャと淫質な粘着音を立ててスピードを上げた。少年の嬉しそうな反応を見た王女も見よう見まねで、乳海の中からちょこんと顔を出す亀頭目がけて唾液を滴らせる。

「あぁ、それっ……気持ちいい、ですっ……」

ペニスを扱く乳房の動きがさらに激しくなって奉仕のピッチが上がり、ロウは情けない悲鳴を上げ快感を訴えた。柔らかい乳肉に埋もれている肉棒を、時たま硬くなった乳首が弾きそれが電流のような刺激となって全身を駆け巡る。

「あらあら、ロウ様ったら……ンふふ、こんなにお汁を漏らして……」

「わたくしが奉仕してあげてるのだから、気持ちいいに決まってますわっ……」

乳奉仕の快感に翻弄され悶えているロウの姿に、ディアナは優しい笑みを浮かべ目を細める。少しずつ慣れてきてコツを掴んだのか、重たげに乳房を揺らしながら王女も嬉しそうに声を弾ませた。

「うぅっ、もう出そうっ……出そうです！」

切羽の詰まった声を上げる少年。拳に力を込めて快感のうねりに耐えているが、乳塊に埋もれた男根は今にも爆発しそうなほどビクビクと震えている。

「むぅ……ロウさん気持ちよさそう……」

「何よ、ヒィヒィ言っちゃって……」

妹姫と幼馴染みは胸奉仕をしつつも、激しいダブルパイズリが気になって仕方がないらしい。しかし下半身にばかり意識が集中して、急に乳首に胸を擦りつけられたり、キスをされたりするとその衝撃で射精しそうになる。

ずにゅッ、にちゅぅ……じゅじゅっ、にゅるっにゅるぅぅ……。

(本当にもう我慢できないっ……)

股間の上で汗と唾液にまみれてドロドロになった乳肉の感触に、限界まで勃起した肉棒は絶頂へと追い詰められていく。美女の甘酸っぱい汗の香りとおっぱいから伝わる温かな体温を感じながら、意識は白く霞み始める。

「はぁ、はぁっ……ロウ、ビクビクしてますわよ？」

「私達のおっぱいに、たっぷり射精してくださいませっ……」

息遣いの荒くなったレアイナとディアナは声を弾ませ、自分達も快感を味わおうとするかのように無意識のうちに硬くなった乳首を肉棒に擦りつけている。

「あぁぁっ……もう出るっ、出ちゃいますっ!!」

質感溢れる爆乳が踊りせめぎあう中心に挟まれた絶頂寸前のペニス。

「いいですわよ、わたくしの胸に出しなさいっ……」

「はぁンっ……ロウ様、イってくださいっ……」

ロウは目前に迫り来る絶頂快楽を堪えきれなくなり、思わず腰を突き出しながら両手で童顔王女と幼馴染みを抱き寄せた。

「あうっ、あがぁっ……うぐぅぅぅ～～～～ッ!!」

びゅるるっ！　どびゅびゅ、どびゅぅ～～ッ！　びゅくびゅぅぅぅぅ――ッ!!

尿道を駆け上がるスペルマは勢いよく噴き出し、パイズリをしていた二人の顔にまで飛び散る。

「きゃっ、あ、熱いですわっ……」

「ンふ……すごい元気……あンっ、それにこんなにいっぱい……」

反射的に身を引こうとしたレアイナも、うっとりと恍惚とした表情を浮かべるディアナも髪や頬まで精液で白く染められた。

噴水のように射精は続き、一発一発打ち出すごとに腰が砕けそうなほど気持ちよくて、腹筋がヒクヒクと震える。

「ちょっと出しすぎじゃないの……」

「ロウさん、気持ちよさそう……」

吐き出されるスペルマは無遠慮に美貌を汚し、ペニスに押しつけられた乳房にビチャビチャと降り注ぐ。

（あ、あひぃ……き、気持ちよすぎる……）

絶頂快楽に酔っているロウの顔と、凄まじい勢いの射精を目の当たりにしたミリアンヌとカレンは複雑な表情を浮かべた。

大好きな少年がイク瞬間を見れたのはいいが、彼をイかせたのは自分達ではなく爆乳コンビのダブルパイズリなのが悔しいのだろう。

「はぁ、はぁはぁっ……」

王女とメイドの顔や胸をどろどろに汚すほど大量の精液を放っておきながら最後は空打ちを繰り返すほど絶頂は続き、やっと全身の痙攣が治まってくる。

「ンくっ……んふ、ふぅ……」

「も、もう……ロウったら……」

レアイナとディアナも乱れた呼吸を整えようと大きく息を吐いていた。そのたびに白い練乳が糸を引き、絡み合った生乳がぷるぷると揺れる。

「ロウっ、次は私として！」

絶頂の余韻に浸っていると、真剣な表情をしたカレンの美顔が視界に飛び込んできた。射精したばかりだというのに、股間に再び血流が集まり始める。

「お待ちなさいっ……ロウはわたくしと、するんですわ……」

独占欲の強いプリンセスは精液まみれのおっぱいを揺らしながら、メイドを制するように顔を覗き込んできた。

「お姉様ばっかりでズルイですっ。今度はアンのお尻じゃなくて――」

「えっ、それは……」

ミリアンヌの視線が何を訴えているのは感じた。しかしレアイナの処女をもらっておきながら、今さら王女に純潔の重要性など説いても説得力がないことも分かっていた。

「アン様、しかし……」

「ねえ、いいでしょディアナ。初めてはやっぱり大好きなロウさんがいいの」

メイド長も王女の必死の訴えに屈したのか、それ以上は何も言わない。

「それより、ロウ！　お尻って……どういうことですの⁉」

ミリアンヌとお尻で繋がったことがバレてしまった。負けず嫌いなお姫様は妹と少年の秘密を知り激しく嫉妬している。

「お姉様とはセックスしたのに、アンにはしてくれないんですか……？　そんなにアンのことは嫌いですか？」

「嫌いというわけではありませんが……」

ミリアンヌまで今にもキスができそうなほど童顔を近づけてくる。

三人の美少女に詰め寄られ、嬉しいような困ったような気分だったが、股間の逸物はすでに勢いを取り戻し天井に向かってそそり勃っていた。

「レアイナ様、アン様。ここはロウ様に決めていただきましょう……」

侍女頭は四つん這いになり、肉感的な尻肉をこちらへと向ける。

「ロウさん、遠慮なんてしないでください！　アンに……ください っ……」

突然の行動の意味を素早く察した童顔王女もベッドに手をつき、肉付きの薄い尻たぶを高く突き出した。

「な、何してるのよ、二人とも⁉　おやめなさい！」

驚くレアイナは慌てて叫び声を上げるが、カレンは上司の提案に続き短いスカートの裾をめくり、うつ伏せになって王女達の横に並んだ。

「ねえ、私もロウとエッチしたいっ……お願いっ、私に挿入れてぇ……」

扇情的に、また懸命にそれぞれのヒップを揺らして肉棒をねだる美女達。

こんな据え膳の極致を目の前にして我慢できるはずもない。少年の目の前に左からディアナ、ミリアンヌ、カレンの順に並び、みな一様にお尻を揺らしながら少年とのセックスを待ち侘びている。

今すぐにでも飛びついてギンギンに勃起したペニスをねじ込み肉悦を貪りたい衝動に駆られた。

「で、でも……」

愛するレアイナのとても寂しそうな顔が、若い牡の本能に待ったをかけた。

「くっ……分かりましたわよ！　どうせ、わたくしが一番に決まってますわ‼」

ついには高飛車プリンセスまでが尻をこちらに向ける。

乳房をむき出しにした美女美少女が大小様々なヒップを揺らめかせ、少年とのセックスを待ち望んでいるのだ。先ほどのパイズリで崩壊しかけていた理性が、今度こそ完全に崩れ去る。

「レアイナ様っ……」

湧き上がる性欲を抑えきれず、少年は愛しの王女の尻肉を抱き寄せた。

真珠色のドレスのスカートをまくり上げ、雪のような白い桃尻を露出させる。乳奉仕で感じていたのかシミのできたショーツを横にずらし、一気にバックから男根で突き上げた。

「きゃうぅぅぅぅ――っ！　や、やっぱりわたくしが、一番ですわよねっ……」

愛撫もなしにペニスをねじ込まれたレアイナは悲鳴を上げるが、自分が選ばれたという優越感で満足げに顔を綻ばせる。

「くっ……締めつけがすごいっ……」

愛液の分泌量は十分だが、相変わらず処女のように締めつけのすごい膣肉がみっちりとペニスにしゃぶりついてきた。

「そんなぁ……アンじゃないんですか……」

「どうしてよ、ロウっ……」

悲しげな表情を浮かべるミリアンヌとカレンがこちらに振り返る。

「アン様、ちょっと待ってくださいい……カレンも順番に挿入れるからっ……」

数回ピストンを繰り返してペニスに愛液を絡めると、レアイナの膣から引き抜き隣のディアナを飛び越えミリアンヌの小柄な尻たぶを捕まえた。

「はぁ、いンっ……なんで、抜いてしまいますのっ……」

「すぐに戻ってきますから……次はアン様ですよ……」

当然のようにあれだけでレアイナが満足するはずもない。不満を口にする王女のお尻を撫でつつ、片手で妹姫の細腰を固定し可愛らしい下着をずり下ろし露わになった一本の筋のような膣口に亀頭をあてがう。

「きゃうぅぅっ……とうとうロウさんとセックスできるんですね……」

積極的にアプローチを仕掛けてきたが、ついに念願の少年とセックスができるとミリアンヌは嬉しそうにお尻を揺らした。

「いきますよ、アン様……」

ピタリと閉じた大淫唇はまだ幼く女性というより少女のそれに近い。そんな膣壁の締めつけの凄まじさは亀頭を入口に落ち着けただけで分かった。

ズリュ、ズリュリュッ……ズニュゥゥゥっ!!

もっと優しくしてあげなければという思いはあった。しかし王国のアイドルと身体を重ねるという肉欲に気持ちは逸り、疼く身体をコントロールできず一気に根元までギンギンに勃起した男根が処女肉を貫いた。

「ひぎっ！　きゃう、ひぃぁぁぁぁぁ～～～っ!?」

ブチッ――。途中で生々しい膜を引き裂くような感触があった。しかし興奮状態のロウにはそれすら牡としての征服欲を刺激され、快感を覚えてしまう。

「だ、大丈夫ですか、アン様……？」

「はぅ、あぁっ……やっとロウさんとエッチできましたぁ……」

涙ぐみながらも必死に笑顔を浮かべ、嬉しそうに見つめるその健気な姿が少年の心に火をつける。腰をじりじりと焦らすように引いて、カリ裏で処女壁を擦りながら肉棒を引きずり出し、浅い位置で律動を刻んだ。

見た目通り肉壁は狭くペニスを締めつける膣圧はかなり強い。しかし一番太い亀頭で入口をぬっぷぬっぷとその太さに慣れさせるように腰を動かすと、妹姫は堪らず悲鳴を上げる。

「やぁ、いン、いンっ……それぇ、なんだかエッチですぅ……」

このまま処女肉を味わい童顔王女とともに果てるのもそそられるが、まだ挿入を待ち焦がれている美女達がいるのでそうもいかない。

「あっ、ひぃあぁぁ……抜けちゃう、抜けちゃいますっ……」

四人も一気に相手にするとなると一人にかけられる時間は限られてくる。引き抜いたいきり勃つペニスをメイド長の膣口へとねじ込んだ。

ディアナもカレンも待ちきれなかったのか、自らショーツを脱ぎトロリと蜜の溢れた大淫唇を少年へと向けている。

「あぁっ……ロウ様のペニスが、入って……はぁン……ど、どうぞ、お好きなように動いてくださいませ……」

　亀頭が子宮口に届くほど一気に腰を突き立てると、侍女頭は甘い悲鳴を上げた。そして挿入の衝撃で身体の下では大きな乳肉が大きく揺れ踊る。王女姉妹の膣とは違い大人の肉壁はヒダが多く柔らかい圧力で肉棒を搾り上げるようにしゃぶりついてきた。

(うっ……ディアナさんの中、気持ちよすぎるっ……)

　熟れた膣肉に屈しかけたが、まだ射精するには早い。

「やっと、私なのっ？　もう、待ちくたびれちゃっ……きゃうンっ！」

　カレンの健康的で若さの弾ける瑞々しい尻肌を掴み、自らが貫通させた蜜壺を勃起男根でかき回す。これでやっと一周。さっき射精したばかりなのにすでに愛液で濡れた逸物は先端から先汁を垂らし、早くも再び絶頂の予感が近づいてくる。

「どんどん、いきますよっ……」

　始めのうちは次に誰に入れようとか順番を意識していた。しかし美女達が我先にと魅惑のヒップを少年に擦りつけ挿入をねだる。

　その欲求に応えるために手当たり次第に連続で肉棒を突き立てているうちに、誰に何回入れたかなど考えている余裕はなくなっていた。

「あぁ、イイっ、ですっ……何だか、気持ちよくなってきちゃいますっ……」

　やはりついに処女を奪ってしまったミリアンヌの膣の味は新鮮で、意識しているつもりはなかったが自然と挿入回数が多くなる。レアイナの処女を貫いた時もかなりの締めつけだったが、体格が幼い分それ以上に膣洞は狭くキツい。

「あぁ、あンっ……ロウ様、素敵ですっ……」

「激しいっ！　そんなに激しくされたらおかしくなっちゃうでしょ〜〜〜っ……」

息継ぎをするように外へと引きずり出したペニスを対照的に柔らかくて吸いつくように膣壁が密着してくるディアナの蜜壺を突き、ぷりぷりのお尻を撫で回した。そして次はカレンと、次々に挿入していく。

最近はずっとレアイナとしかセックスをしていなかったので、つい他の三人にピストンが偏ってしまう。

「ロウっ、わたくしにもっ……わたくしにも、もっと入れなさいっ……」

当然、王女は真っ赤な頬を膨らませ切なげに声を上げ、ヒップを揺らめかせた。

しかし他の美女達も少年の興味を引こうとさらにお尻を高く突き出し、互いに尻たぶをぶつけあっている。その扇情的な姿に誘われるようにロウは欲望のままに腰を振り、腰のピッチを上げていく。

「きゃう、きゃひぃっ……なんだか、頭がボーっとしちゃいますぅ……」

だんだんと処女肉も肉棒の太さに多少慣れてきたらしく、長い金髪を揺らしながら悶えているロリ王女の声色も熱を帯びてくる。

「あぁっ……もう出そうっ……みんなも気持ちいいですかっ……」

今は幼馴染みの膣肉を味わいながら隣のミリアンヌの淫唇を指で弄くり回している。

「いいっ、気持ちいいよっ、ロウっ……もっと、してっ……」

「アンにも～……しゃせいするときはアンにくださいー～」

少年の限界が近いことを悟った美女達は自分の膣で射精してもらおうと、桃のような綺麗なお尻をさらにいやらしくくねらせて誘惑してくる。

「私も、ロウ様のお情けが……ちょうだいしとうございます……」

ディアナはもう待ちきれないと自らの手で圧倒的なサイズを誇る乳房を揉みしだき、反対の手でクリトリスを弄りながら巨尻を揺らめかせた。あのおっとりとして母性的なメイドの普段とのギャップに少年は目を輝かせる。

「はぁ、あっ……ディアナさん、そんなにボクのチンポが欲しかったんですか……？」

理性が性獣と化しかけている少年の視線は、思わずお姉様が見せる艶姿に引き寄せられた。細く長い指にニチュニチュと愛液を絡め、ベッドに押しつけた顔を捻ってこちらを見つめる瞳は色情に染まっている。

ずにゅうぅぅっ……ずりゅ、ずちゅ、ずちゃっ！

「あぁっ！　熱いぃ、ど、どうぞ……私の膣で、イってくださいませっ……」

年上の美女から熱烈に求められ、気分をよくした少年は一気にそそり勃つ肉棒をワレメへと押し込んだ。アップにまとめた髪がはらりと揺れ、豊満な肢体を震わせながら歓喜の悲鳴を漏らしている。

「ロウったら、どうしてわたくしが後回しなんですのっ⁉」

積極的に挿入をねだる妹や侍女達に押し出されるような形になり、あまり順番の回ってこないレアイナは眉をツリ上げ必死に少年を急かした。

「ねえ、ロウっ……私も、私も……はぁン、ほ、欲しいよぉ……」

エッチにおねだりすると挿入れてもらえると知ったカレンは、四つん這いのまま片手を下から股間へと伸ばし、人差し指と中指で大淫唇を広げて見せた。

「じゃあ、今度はカレンにっ……」

「ちょ、ちょっと、わたくしはっ……」

まるでペニスが欲しくて涎を垂らしているような幼馴染みの膣口に、今にも破裂してしまいそうな逸物をねじ込んだ。

「きゃううぅぅぅ～～っ！　お、おっきいぃ、すごく大きくて、感じちゃうっ……」

「あぁ～、アンも欲しいですぅっ～～」

「私にも、ディアナの膣もロウ様で満たしてくださいませっ……」

このまま全員の膣肉を貪り続けたかったが、もう限界だった。カレンの膣から引きずり出したペニスを今にも泣き出しそうなレアイナの膣に根元まで一気に貫く。

「ひぁンっ、あぁっ……やっとわたくしなのですねっ……」

ドレスの胸元から露出した巨乳が腰突きの衝撃で、ぷるんっと大きく揺れた。待ち侘びた愛しい少年のペニスにしゃぶりつくレアイナの膣は、悦びむせび泣くかのように愛液を分泌させる。

「ダメっ、もう我慢できないっ！」

「ふぁ、あはぁっ……それなら、このままわたくしの膣にっ……」

最近ずっと膣出しして馴染んだレアイナの蜜壺は、精液を搾り取ろうとするかのように蠢く。

「くひぃっ、な、何でっ……抜いてしまいますの⁉」

後ろ髪を引かれる思いだったが、射精寸前のペニスを妹姫の処女肉へとぶちこんだ。

「はぁぁンっ、すごいっ、アン、イっちゃいますぅっ……」

キツイ膣肉を貫き先端からは我慢汁がドバドバと溢れている逸物を一擦りで引き抜くと、ディアナ、カレンと一気に奥まで突いては隣へと移動する。

「ロウ様のペニスが、奥にぃっ……あぁ、もう我慢できませんっ……」

「私も、イっちゃうっ……気持ちいいっ！　あひ、ひぃあぁぁぁ〜〜〜っ‼」

甘ったるい悲鳴を上げる三人はガクガクと腰を震わせ、膣内も激しく収縮を繰り返し始める。

「ちょっと、わたくしはまだっ……あぁ、ロウもっとわたくしにぃっ……」

ふわふわと揺れる巻き毛を揺らしながらレアイナは必死に挿入を懇願した。

ただでさえキツいミリアンヌの膣が痙攣を始め、引き抜く瞬間に強烈にカリの裏を激しく擦られる。それがトドメとなって股間から全身に電流のような刺激が走り、何とか保ち続けていた意識が快楽の濁流に飲み込まれた。

「イクっ、もう出ますッ！　あぁっ、あぁぁぁぁぁ〜〜〜〜ッ!!」

愛液と先汁の混ざった体液で濡れドロドロになった肉棒が空気に晒され、込み上げる精液が尿道を凄まじい勢いで駆け上がる。

びゅうぅぅッ！　びゅぶぶっ、びゅるる〜〜ッ！　どびゅびゅるぅぅぅ——ッ!!

腰が蕩けそうなほどの絶頂快楽に視界が白く霞む。射精の反動で肉棒はビクビクと震え、膝立ちになっているのがやっとなくらいだった。

「きゃうっ、熱いっ……お尻がヤケドしちゃいますぅぅうっ……」

「あぁっ……もっと、もっとかけてくださいませ……」

「いイっンっ！　ロウの精液温かぁい……」

「きゃっ！　ちょっと、出しすぎですわよっ……」

ギンギンに反り返った肉棒はこれでもかと白濁液を撒き散らし、次々に美女達の尻肌を白く汚していく。吐露を尻だけでなく背中や髪にまで浴び、恍惚とした表情を浮かべ鼻にかかったような熱っぽい声を漏らす。

（あぁっ……止まらないぃ……）

干からびてしまうかと思うほど何度も何度も射精し、シャワーのように白濁液をぶちまけ筆舌に尽くしがたい快楽絶頂に浸っていた。

二度目だというのにおびただしい量の精液を吐き出し、やっと止まったかと思うと今度は全身を脱力感が襲う。その場にへなへなと崩れたロウを、ミリアンヌやメイド達はうっとりとした表情で見つめていた。

「ちょっと！　どうしてわたくしの中に出さないんですのっ！　そ、それに……一緒にイきたかったのに……アン達ばかりに挿入《い》れて……どういうつもりですの⁉」

　メイド達が満足げに微笑み、心地よい疲労感でまったりとした空気をかき消すようにレアイナが不満を爆発させる。

　妹や侍女の前だということもお構いなく王女は愛しい少年に抱きつき、頬を膨らませ拗ねたように顔を胸に擦りつけてきた。

「ご、ごめん……その最近ずっとみんなとエッチしてなかったので……」

「……はふぅ、こ、こんなことでは誤魔化されませんわよっ……」

　長く艶やかな髪を撫でながら謝ると、レアイナはまだ何か言いたげだったがくすぐったそうにツリ目を細めている。

　絶頂の余韻に浸っていた三人も身体を起こし、抱き合う二人を羨ましそうに、また微笑ましげに見つめていた。一途に自分のことを想ってくれる彼女達とのセックスも気持ちよかったが、やっぱり最後は大好きなレアイナとしたい。

「レアイナ様……入れていいですか……？」

　耳元で囁くようにお願いをすると、王女はビクッと身体を震わせたが嬉しそうに何も言わず頷いた。その姿が可愛くて、すぐにベッドに押し倒してしまう。

「ひゃんっ……いきなりですわね……あとそれから、様はいりませんわ」

金色の巻き毛をシーツにばらまき仰向けに横たわるレアイナのドレスの裾は大きくめくれ上がり、蜜でびしょ濡れになっている女陰が露わになった。牝の香りを漂わせ淫唇は待ちきれないとばかりにヒクつく。

「それじゃあ、入れます……レ、レアイナ……」

これだけ濡れていれば今さら愛撫も必要ないだろう。ロウはすでに硬度を取り戻している逸物をレアイナの膣へと押し当てた。

「まあまあ。名前で呼び合うなんて、まるで恋人同士のようです」

「うぅ……完全に二人の世界……」

「お姉様、ロウさんにメロメロなんですね～」

ミリアンヌやメイド達は羨ましそうに絡み合う二人に近づく。

「当然ですわ。ロウはわたくしに惚れてるんですのよ」

すっかり機嫌が直りかけているレアイナは自信満々に言い放ち、大淫唇は亀頭が触れた瞬間に奥へと吸い込むかのようにしゃぶりついてくる。逸る気持ちを抑え何度か縦筋に沿って先端でなぞると、プライドの高いお姫様が切なげに声を上げた。

「あぁっ、いきなりっ……あぁ、はぁぁぁ……」

もう少し王女の可愛い反応を楽しみたかったが、若い牡の身体はすでに我慢が利かなくなっている。極上の膣肉へといきり勃つ男根を一気にねじ込んだ。

「い、いやですわ、焦らさないでっ……きゃうぅぅぅっ！」

ずぶ、すぶっ、ずりゅぅぅぅ……ッ！

絡みついてくる肉ヒダごと膣奥へと押し込み、亀頭は子宮口にまで達する。

「ひぃあっ、入ってきますわぁぁ……」

今の一撃で軽く達してしまったのか、膣洞は縮動を繰り返し色っぽい唇からは悩ましげな吐息がこぼれた。上品な顔立ちは肉悦に溶け、むき出しになった乳房がぷるんぷるんと弾む。

（うっ、きつい……気持ちよすぎて、また出ちゃうっ……）

身体の相性もばっちりのようで、挿入しただけで射精しそうになった。慌てて腰を引くが、その行動もイったばかりで敏感になっているカリ裏が強烈に擦れて裏目に出てしまう。

「ロ、ロウ……あぁ、激しいですわっ……」

それだけで一気に射精感は高まり、もう腰の動きに歯止めが利かなくなる。もうゆっくりとしている余裕もなく、初めから激しく腰を突き立てまくった。

ズチャッ、ズッチャ、ズニュウ、ズチャズチャッ……。

「あぁ、な、何ですの……いや、今胸を揉まれたら、きゃひぃンっ！」

飛ばす少年につられて、王女も駆け足で絶頂への階段を駆け上る。腰のうねりに合わせて大胆に踊る乳房にディアナとカレンが手を伸ばした。

「お姉様のおっぱいって大きくて柔らかくって羨ましいですー」

「何だか、ロウに抱かれてる時のレアイナ様ってすごく可愛いですね……」

妹姫と幼馴染みは王女の興奮で汗ばんだ乳房をこねたり、舌で乳首を舐めたりと積極的に愛撫に参加してくる。

「ひゃうっ……じょ、冗談はおよしなさいっ……」

頬を上気させ身体をよじるが、左右に広げられた両脚を少年に抱えられているので逃げられなかった。しかも激しい腰使いを受けて全身を快感で蕩かされ、手にも力が入らないらしい。

「僭越ではございますが、レアイナ様とロウ様のセックスをお手伝いさせてください」

ディアナまで二人に身体をすり寄せ、結合部に指を差し込んだ。そして包皮からむき出しになっているレアイナの秘芽を指先で転がす。

「きゃひぃぃ――っ！　そ、そこは、ダメですわぁっ……」

美女達に好き放題に身体を弄られて乱れているレアイナの姿に、少年の興奮は完全に暴走していた。目の前には愛するお姫様だけでなく、美しい王女やメイド達がおっぱいや白濁液で汚れたお尻をむき出しの半裸姿で絡み合っている。

（あぁっ、やばいっ！　も、もう出そうになってきたっ……）

もう何も考えられなくなり、力任せにビキビキと血管の浮かび上がった肉棒を膣壁に擦りつけ亀頭を子宮にぶつけた。レアイナをいっぱいに感じていたくて全身の神経をペニスに集中させる。

「もう、イっちゃいそうですか、レアイナ様？」

「えへへ……お姉様のココも、硬くなってますよ～」

　硬く勃起した乳首を摘まれ妹やメイドの前だというのに、プリンセスは甘ったるい声で喘ぐ。

「う、うるさいですわねっ……あぁ、ンふぁっ、ダメぇですわっ……」

　一ミリの隙間もないほど密着した淫唇と男根の間からは白く泡立った愛液まで溢れてきて、クリトリスを弄る侍女頭の指まで濡らした。

「ふふ……ロウ様も、もう出そうなんですか……？」

　ディアナは自慢の爆乳を身体に擦りつけ、耳たぶにキスをしながら囁いてくる。背筋がゾクゾクと震え、その痺れは快感となって下半身を蕩かした。

「レ、レアイナっ……もう、イクっ、イクよッ！」

　少年が限界を訴えると愛しのお姫様も目尻に涙を浮かべながら何度も頷く。

「アンっ、あぁンっ……いぃ、いいですわよっ……たっぷり出して……今度こそ、一緒にイきましょうっ……」

　膣を貫かれメイド達の乳愛撫で絶頂寸前に追い詰められているプリンセスは、息も絶え絶えに快感を訴えた。あられもない嬌声を上げ、顔は羞恥で真っ赤になっている。

　しかし腰は無意識のうちに動き出し、自ら少年のペニスにしゃぶりつこうと膣肉は蠢いた。

「うっ！　もう、ダメっ！　いくよ、レアイナっ‼」

「……あぁン、はひぃ、きて、きてぇ……わたくしもイっちゃふぅぅぅぅッ〜〜〜」

メイドの指が王女の弱点を摘み、少年のペニスが子宮口を抉った瞬間に、甲高い悲鳴が寝室に響き渡る。

ぷしゅ、ぷしゃぁぁぁぁ――――ッ！

潮を噴き出し絶頂に達した膣肉は痙攣を始め、肉棒を搾り上げるように蠢いた。キツい締めつけに肉ヒダの収縮まで加わり、我慢の限界を超える。

ビュルッ、ビュビュッ！　ビュッ、ビュッ、ビュルルルルゥゥゥ〜〜〜〜ッ!!

「あぁっ、出てますわっ……わたくしの中にぃぃっ……」

射精中だというのに肉棒は膣壁と摩擦を繰り返し、たっぷりと白濁液を注ぎ込む。高飛車プリンセスは美貌をうっとりと快楽に染め果てた。

「と、止まらないっ……！」

三度目だというのに、レアイナの蜜壺はあっという間に精液で満たされ結合部から溢れてくる。凄まじい中出し絶頂を目の前に、他の美女達は思わず息を呑んで見守った。

「お、お姉様、気持ちよさそう……」

「あのレアイナ様がこんなに乱れちゃうなんて……」

「ふふ……これだけ愛してもらえると、女冥利に尽きますわね……」

少年の愛情を一身に受け絶頂快楽の余韻に浸っているお姫様を見つめ、三人は羨ましそうに溜め息を漏らす。

しかしロウにはその言葉は聞こえていなかった。

「レアイナ……」

大きく胸を上下させながら呼吸をしている王女。その半開きになっている口に唇を重ねると、彼女の方から舌を絡ませてくる。

「たっぷり出しましたわね……」

二人はしばらく抱き合ったまま接吻で互いのぬくもりを感じていた。

「やっぱりお姉様には勝てなかったみたいです」

激しい性交の余韻も引き、それぞれ衣服の乱れを直しているとミリアンヌがポツンと呟いた。

「だってロウったら本当にレアイナ様のことしか考えてないんですもん……」

「私は初めからお二人の仲を応援していましたよ」

雑談をしながらも、みな少年騎士と王女の仲を祝福してくれているみたいだった。

「ウソおっしゃい！　全員、わたくしを差し置いてロウとイチャイチャしておいてよく言いますわっ……」

流れで5Pセックスになってしまったが、今さら恥ずかしくなってきたのかレアイナの顔は真っ赤になっている。

「恋人は無理でも、愛人って道があるかも」

「まあ、それなら私も立候補しましょうかしら」

「えー、アンは愛人なんていやですー」

幼馴染みがロウをからかうように冗談を言うと、珍しくディアナまで乗ってきた。しかも色っぽい流し目で見つめてきてどこまで本気なのか分からず焦る。

「ダ、ダメですわよ！　そんなこと許しませんわっ!!」

これは自分のものだと主張するかのようにレアイナが抱きついてきた。

「ロウだって、わたくしのことが好きって言いましたわよね!?」

はい、大好きです。という返事の代わりにキスで応えると、ワガママで普段はツンツンしている王女も嬉しそうに微笑み、さらにキツく抱き締めてくれる。

（ボク、こんなに幸せでいいんだろうか……）

ほんの数ヶ月前に、こんな未来が来ようなどと想像すらできなかった。美人で素敵な女性達に囲まれてとても嬉しいし、みんなには感謝している。そして何より憧れだったお姫様と、心も身体も一つになれた。

腕に抱いた愛するレアイナのぬくもりと幸せをこのままもう少し感じていたかった。

終章

春の風が香る柔らかな日差しが窓から差し込むある日のことだった。

「とってもお似合いですよ、レアイナ様」

「ありがとう。ロウ、どうかしら？」

ふわふわの巻き毛を櫛で梳かしながらディアナが鏡越しに王女に声をかける。

豪華な真珠色のドレスにショール姿のレアイナは、はにかむような笑顔を浮かべながら少年を見つめた。

「すっごく綺麗だよ、レアイナ」

「ふふ、アナタにそう言ってもらえると、とても嬉しいですわ」

あの後、レアイナは勝手に進められていた隣国の王子との政略結婚の話を全て断るように国王に迫った。さらに自分を命がけで守ってくれた少年騎士以外とは結婚しないと言い出した。初めは首を縦に振らなかった国王も娘の熱意に負けて、ついに先日二人の婚約が認められたのだ。

（これって夢じゃないよね……）

もうじき王女の婚礼パレードが始まろうとしている。その控え室で着替えを終えたレアイナを見つめながらロウは思わず自分の頬をつねってみた。

「あー、いいなぁ……アンもお姉様みたいな綺麗なお嫁さんになりたいです」

「……おめでとう、ロウ。レアイナ様」

パレードに出発する前のわずかな時間にまで、わざわざミリアンヌやカレンも二人を祝福しに来てくれた。

「あの、レアイナ……」

「何ですの？」

ずっと気になっていたことを聞こうと声をかけると、振り返った完璧な美貌に一瞬見とれてしまう。憧れの王女様の恋人どころか未来の夫になれると聞いた時は、飛び上がるほど嬉しかった。この美少女が夜になると、可愛らしい声で甘えてくるなんて国民は誰も知らないだろう。

「本当に……ボクでよかったの……？」

何度も愛を確かめあったのに、こうやって国をあげてのパレードなどに担ぎ出されると、改めて身分の違いを痛感して不安になってしまう。

「はあ、さっきから元気がないと思ったら、そんなことを考えていましたの？」

「だって、他の国の王子様と比べたらやっぱり……」

自信なさげに呟く少年を見つめ王女は溜め息をつくと、すっと身体を寄せて腕を絡めてきた。

「もっと自信を持ちなさい」

そして長い金髪を耳にかけると、ちょんと首を伸ばして頬にキスをしてくれる。

「わたくしの王子様はアナタだけですわ……」

ツリ目の奥に優しい笑みを浮かべ微笑むレアイナ。

「さあ、行きますわよっ……」

プリンセスは幸せそうに少年の腕に抱きついたまま歩き出した。

「あ、歩きにくいよ、レアイナ……」

「ダ～メ、ですわ。絶対に離してあげないんですから……」

そしてギュッと腕を抱く手に力を込めて——。

「だって、愛しているんですもの」

溢れてくる感情を抑えきれずキスを交わす二人を、妹姫やメイド達が羨ましそうに見つめていた。

二次元ドリーム文庫 第153弾

ミルク学園

にゅ〜生徒会パラダイス

中野裕行がお手伝いする生徒会に、持ち込まれた惚れ薬。実はその薬、女性が飲むと母乳が出てしまう副作用があったのだ!! しかも、母乳が出るとエッチな気分になるから、好きな人に搾ってもらわなきゃいけなくて!? 薬を飲んだＥカップの高飛車生徒会長、Ｆカップのおっとり副会長、Ｄカップの幼馴染み書記が、次々と裕行に搾乳をねだってくる!!

小説●神崎美宙　挿絵●FCT

二次元ドリーム文庫 第188弾

ミルクナース

幸せにゅ～いん生活

不治の病にかかった上代修也。その病気を治す方法は女性のおっぱいから出るミルクを飲むミルク医学!?　自称「ミルク医学の権威」である美乳女医の如月美香だけでなく、爆乳お嬢様ナースの東条寺愛里や、ロリ巨乳な従妹ナースの上代ユキも巻き込んで、波乱の乳飲生活が始まる!!　ツンツン気味の愛里や意外と大胆なユキ、明るく陽気な美香に囲まれて、果たして修也の病気は治るのか!?

小説●神崎美宙　挿絵●中乃空

ツンプリ
愛してお姫様

2009年8月17日　初版発行
2012年1月26日　第4刷発行

著　者　　神崎美宙
発行人　　岡田英健
編　集　　川井賢二
装　丁　　キルタイムコミュニケーション制作部
印刷所　　株式会社廣済堂
発　行　　株式会社キルタイムコミュニケーション
〒104-0041　東京都中央区新富1-3-7ヨドコウビル
編集部　TEL03-3551-6147／FAX03-3551-6146
販売部　TEL03-3555-3431／FAX03-3551-1208

禁無断転載 ISBN978-4-86032-773-6 C0193